Freundschaft
das ist eine Seele in zwei
Körpern..

-Aristoteles-

Hallo liebe Leseratte...

Mein Name ist Bianca Pferrer und ich bin zarte 37 Jahre jung.

Ich bin gebürtige Badnerin. Geboren 1980 in Karlsruhe,
aufgewachsen in Karlsruhe, wohnhaft in Karlsruhe.

Mit 12 Jahren lernte ich meine große Liebe Markus kennen.
Mit 18 Jahren lernten wir uns Lieben, und im Jahr 2000 kam
unser Sohn Justin zur Welt.

Sandkasten Freunde ist mein viertes Werk.

Weitere Bücher von mir, findet ihr unter dem Titel:

Hallo Alex...!!

Kalea und Keahi
Wiedergeboren im Zeitalter des Mondzirkel

Mr. Kaugummi

Bianca Pferrer

Sandkasten Freunde oder doch Liebe ....?

Biografische Information der Deutschen Nationalbibliothek:
Die Deutsche Nationalbibliothek verzeichnet diese Publikation
in der Deutschen Nationalbibliografie. Detaillierte
Bibliografische Daten sind im Internet über dnb.dnb.de
abrufbar.

TWENTYSIX- der Self-Publishing-Verlag
Eine Kooperation zwischen der Verlagsgruppe Random House
und BoD - Books on Demand

Herstellung und Verlag
BoD – Books on Demand, Norderstedt

ISBN: 9783740745868

Danke an
Ed Sheeran
für den wundervollen Song
Perfect

Ich bekomme jedes mal eine
Gänsehaut beim anhören.
Somit inspirierte mich dieser Song,
zu diesem Buch....

Songtext:
Ed Sheeran – Perfekt

zitierte Songtexte:
Kati Yana – Summer dreaming
Sinead O´Connor – Nothing Compares 2U

Kapitelauswahl

Prolog

Pia

Ich weiß noch als ich Lucas kennenlernte. Ich war fünf. Saß nervös auf meinem Stuhl, wollte unbedingt auf den Spielplatz, der neu eröffnet hatte, unten an der Straße. Ich wusste dass meine Freundinnen Samantha und Jenny auch dort sein wollten. Die Sonne schien und ich wollte auch meine neuen Förmchen ausprobieren. Ich versuchte still sitzen zu bleiben, damit Mom schnell fertig wird.
Endlich denke ich, sie packt die Brote ein, wir gehen gleich los.
Ich nahm sie an die Hand und zog sie die Straße entlang.
Voller Wucht ließ ich mich zu Samantha und Jenny in den Sand fallen. Mom stellte meine Förmchen neben uns und setzte sich zu einer Frau auf die Bank. Er ist mir sofort aufgefallen.
Wie er bei seiner Mom saß und uns beobachtete.
Meine Sandburg war schon fast fertig, als er sich neben mich stellte,
„darf ich bei euch mitmachen?" fragte er.
Ein blonder Junge lächelte mich schüchtern an und knetete dabei nervös seine Finger. Ich streckte ihm meine Schaufel entgegen und er setzte sich zu uns.
„Ich heiße Lucas!"
„Bist du neu?" fragte ihn Jenny.
„Nein, ich bin doch schon fünf," winkte er mit der Hand ab.
Wir fingen alle an laut zu Lachen. Lucas drehte sich zu seiner Mom um und hielt stolz beide Daumen nach oben.
Den ganzen Nachmittag bauten wir an unserer Burg.
Wir aßen meine Brote und seine Kekse.
„Sind wir jetzt Freunde?"
fragte er mich bevor wir gehen wollten.
„Freunde für immer," umarmte ich ihn...

Lucas

Ich war fünf, als meine Mom mit mir in diese neue Stadt zog.
In das Haus, gegenüber dieses Spielplatzes. Ich konnte ihn von
meinem Zimmer aus sehen. Ich saß auf der Fensterbank und
beobachtete die spielenden Kindern. Kannte noch niemanden.
Solange waren wir noch nicht hier. Ich vermisste meine
Freunde.
„Willst du auf den Spielplatz gehen?" fragte mich meine Mom
als sie mich so sah.
Zaghaft nickte ich und Mom packte mir Kekse ein.
Wir liefen über die Straße und standen vor dem Spielplatz. Ich
war viel zu schüchtern um einfach mit den anderen
mitzumachen, also setzte ich mich zu meiner Mom auf die
Bank. Wie ein Wirbelwind, rannte sie an uns vorbei und hüpfte
in den Sandkasten. Ich musste Lachen, über ihre Fröhlichkeit.
Beobachtete sie, und rutschte auf der Bank hin und her.
„Na los, geh rüber," forderte Mom mich auf.
„Und dann?" fragte ich nervös.
„Dann fragst du, ob du mitmachen darfst!" munterte Mom
mich auf.
„Und wenn sie mich nicht mögen?" hatte ich die Befürchtnis.
„Dann sagst du etwas Lustiges, und wenn sie lachen, dann
mögen sie dich."
Mom hatte immer die besten Ideen.
Langsam rutschte ich von der Bank und lief zum Sandkasten.
Nervös stand ich vor ihr,
„darf ich bei euch mitmachen..."

Kapitel 1
Wir bleiben für immer Freunde

Es ist soweit, bereits Sommer. Der letzte Sommer zu Hause.
Nach den Ferien gehe ich auf das College. Melancholisch
packe ich meine Sachen zusammen. Ich nehme eine verstaubte
Kiste vom Regal, hinten im Schrank.
An die habe ich ja schon lange nicht mehr gedacht.
Ich puste den Staub herunter und streiche mit der Hand über
den Deckel.

Pia + Lucas
Unsere Jahre des Chaos

kommt zum Vorschein. Ich setzte mich auf das Bett und öffne
die Kiste. Ich muss schmunzeln. So viel Erinnerung springt mir
entgegen. Alte Foto´s;
Lucas und ich als kleine Kinder, voll mit Eis verschmiert..
Das ganze Gesicht ist voll!! Wir waren bestimmt erst sechs
oder sieben Jahre..
Ein Foto vom Jahrmarkt auf dem Karussell, wir halten uns an
den Händen..
Ein Geburtstagsfoto, Lucas bläst die Kerzen aus. Es war sein
zehnter Geburtstag, steht so auf der Torte..
Ich finde noch ein Foto,
Oh je.. Die Tanzveranstaltung.. zum Abschied der Juniorhigh
Wir mussten am letzten Tag der Juniorhigh auf ein Tanzfest,
ich hasste dieses Kleid. Lucas verzieht sein Gesicht zu einer
Grimasse, ich muss lachen..
Auf dem letzten Foto, sitzen wir am See auf dem Steg im
Schneidersitz, wieder halten wir uns an den Händen. Wir
lächeln in die Kamera. Ich erinnere mich. Es war das Letzte
Foto dass wir machten, das letzte mal dass wir uns an den

Händen hielten, das letzte mal dass er mich anlächelte..
Es war der Sommer bevor Tess kam. In diesem Sommer
schenkte er mir auch diesen Stein in Form eines Herzen´s.
Der Stein..!!
Nervös wühle ich die Kiste durch..
Ah, da..der Stein.
Auf der Vorderseite malte Lucas ein *P+L* und die Rückseite
bekam ein *Friends 4 ever.*
Ich begutachte den Stein und sehe Lucas vor mir wie er mir ihn
schenkte.
„Freunde für immer.." sagte er dabei.
Freunde für immer denke ich..
LÜGNER!!
und schmeiße den Stein zurück in die Kiste.
„Na, hast du schon gepackt?"
Meine Mom steht am Türrahmen und beobachtet mich.
„Ja habe ich, zumindest fast."
Ich schiebe die Kiste über das Bett und stecke noch ein Shirt in
den Koffer. Mom setzt sich an das Fußende des Bettes und
reicht mir meinen Morgenmantel. Sie entdeckt die Foto´s,
lächelt beim ansehen und legt sie ohne Worte wieder in die
Kiste.
„Abendessen gibt es um fünf," sagt sie beim hinauslaufen.
Mein Blick fällt erneut in die Chaos-Kiste.
Die Konzertkarten!!
Warum habe ich die denn aufgehoben? Dass war das letzte
Konzert wo wir uns trafen, das letzte mal wo er mit mir sprach.
Danach trennten sich unsere Wege..
An diesem Abend stritten wir uns. Heftig, warfen mit Worte um
uns, die wir nicht sagen sollten. Worte die verletzten. Worte die
unsere Freundschaft beendeten. Am Tag meines Sechzehnten

Geburtstages..

Ich wollte wie immer feiern. Mittags mit Mom und Dad, und Abends mit Lucas. Ich freute mich auf ihn. Hatte ihn die ganze Zeit nicht gesehen. Wir sahen uns nicht mehr sooft seit Tess an unsere Schule kam und sie sich ineinander verliebten. Er verbrachte seine Zeit lieber bei ihr. Aber „Versprochen ist Versprochen, an deinem Geburtstag bin ich da!" sagte er.

Lucas war da! Er und Tess...

Ich ging damals schon genervt auf das Konzert. Eigentlich wollte ich Tess nicht dabei haben. Und dass lies ich ihn auch spüren.

„Wenn du Tess nicht leiden kannst, ist Ok," sagte Lucas zu mir, „aber unserer Freundschaft zuliebe, könntest du trotzdem Nett sein."

„Nicht leiden kann??" antwortete ich,

I wo! Wie kommst du denn darauf, ich hasse sie!!"

Ich konnte richtig hören, wie sich bei Lucas, Enttäuschung breit machte.

„Wieso hasst du sie?" fragte er mich entsetzt.

„Sie ist arrogant, eingebildet und du hast überhaupt keine Zeit mehr für mich!"

„Du bist nur eifersüchtig," unterstellte er mir.

„Nein bin ich nicht," schrie ich ihn an,

„ich will nur meinen besten Freund zurück."

„Das ist Eifersucht!" bestätigte er.

„Du verstehst es einfach nicht," schuckte ich ihn in die Ecke.

„Was verlangst du von mir, Pia!" wollte er wissen.

„Freundschaft oder Liebe?" rief ich ihm zu.

„Bitte was?"

„Sie oder Ich!"

15

„Kann ich nicht beides haben?" fragte er mitleidig.
„Nein!!"
Ihr könnt euch sicher denken, wofür er sich entschieden hatte,
für wen?
„Gut, dann gehen wir ab jetzt getrennte Wege," sagte er,
nahm Tess an die Hand und lies mich alleine zurück.
Das war vor Drei Jahren...!
Seitdem spricht er kein Wort mehr mit mir. Läuft an mir vorbei,
als würden wir uns nicht kennen. Nicht mal ein Hallo
bekomme ich zu hören.
Er und Tess sind immer noch ein Paar, doch es scheint nicht
mehr gut zu laufen. Sie streiten sich immer öfter. Mittlerweile
auch in der Öffentlichkeit.
Ich frage mich worüber sie sich eigentlich streiten.
Ich habe keinen großen Hunger. Seit ich die Chaos-Kiste
geöffnet hatte, muss ich ständig an Lucas denken. In Gedanken
vertieft, stochere ich in meinem Kartoffelpüree.
„Einen Penny für deine Gedanken, Pia!" unterbricht mich
Mom.
Ich lächle sie nur an.
„Hat es was mit den Foto´s zu tun?"
„Welche Foto´s?" frage ich überrascht.
„Von dir und Lucas."
„Nein Mom, ich habe einfach keinen Hunger."
An ihrem Blick erkenne ich genau, das sie weiß dass ich sie
anflunkere.
Nach dem Essen beschließe ich nochmal raus zu gehen. Ich
laufe die Straße entlang und bleibe vor dem Spielplatz stehen.
Setzte mich auf die Schaukel, mit Blick auf Lucas´ Haus. Es
brennt Licht in seinem Zimmer. Ich sehe Tess. Sie scheint
wieder wütend zu sein, denn sie fuchtelt mit den Händen

herum. Etwa Zwei Minuten später stürmt sie aus dem Haus und ich erkenne Lucas am Fenster.

„Aus! Hörst du? Es ist Aus!" ruft Tess zu ihm nach Oben.

Ich beobachte Lucas. Emotionslos steht er am Fenster und sieht ihr nach. Als er mich bemerkt, sieht er mich für Fünf Sekunden starr an, bevor er die Vorhänge zu zieht. Ich verspüre den Drang ihn zu drücken. Doch stattdessen gehe ich nach Hause. Wieder durchstöbere ich die Chaos-Kiste. Wieder überkommen mich alte Erinnerungen.

Die Muschelkette, die er mir aus seinem Urlaub mitbrachte.

Das JoJo, dass wir verzweifelt versuchten zu beherrschen.

Das Kaugummipapier, das uns immer daran erinnern sollte, dass es unmöglich ist, eine ganze Packung auf einmal zu essen. Umso mehr ich darin stöbere, umso mehr merke ich wie sehr ich ihn vermisse. Ich nehme das letzte Foto von uns, das vom See, stecke es in die Hosentasche und gehe nochmal zum Spielplatz. Lucas sitzt mittlerweile auf den Stufen vor seinem Haus und trinkt ein Bier. Ich sehe, dass er mich beobachtet, als ich mich auf die Schaukel setze. Ich schaue ihm stur in die Augen, laufe auf ihn zu, immer noch sieht er mich an.

Wortlos bleibe ich vor ihm stehen und drücke ihm das Foto in die Hand. Ich erkenne ein kleines Lächeln, als er es erkennt.

„Erinnerst du dich?" frage ich ihn.

Er nickt mir zu.

„Ich erinnere mich aber auch an deine Worte die du sagtest, damals auf dem Schulball!"

Sein Blick durchbohrt mich. Erschrocken sehe ich ihn an. Er gibt mir das Foto zurück, steht auf und lässt mich wieder alleine stehen. Ich setzte mich auf die Treppe und starre das Foto an.

Der Schulball denke ich.

Ich trage die Muschelkette um den Hals, den Stein in der Hosentasche und das Foto in der Handytasche, als ich das Wohnheim im College betrete.

Ganz schön voll

Ich schlängle mich den Flur entlang und suche mein Zimmer.

Ah hier, 2258, gefunden.

„Hallo ich bin Pia, deine Mitbewohnerin," stelle ich mich dem Mädchen im Zimmer vor.

„Hi ich bin Emma."

Emma steht am Fenster und schaut durch ein Fernglas.

„Mmmhh, Ja, Ohh, ne der nicht, Oh ja lecker.."

„Darf ich fragen was du da machst?" frage ich und schaue ebenfalls aus dem Fenster.

„Ich beobachte die männlichen Frischlinge!"

„Die was?" frage ich erneut und versuche etwas zu erkennen.

„Die männlichen Frischlinge!"

Sie dreht sich zu mir um,

„das sind die Erstsemester,"

und streckt mir das Fernglas entgegen,

„auch mal? Der blonde ist besonders Lecker!"

Grinsend nehme ich das Fernglas und schaue durch.

„Ah ja, ich verstehe," sage ich,

„die sind wirklich..."

Oh Oh denke ich,

„Lecker," sage ich, wobei mein Lachen erloschen ist.

„Was?" fragt Emma,

„doch nicht so Lecker?"

„Doch, doch.."

ohne sie anzusehen, packe ich meine Tasche aus.

„Ich denke ich besuche mal die Frischlinge," höre ich Emma sagen, als sie das Zimmer verlässt.

„Bis spääätteerr..."

Ich seufze und laufe zum Fenster um erneut durch das Fernglas zu sehen.

Im Gemeinschaftsraum, der Jungs gegenüber, stehen sechs oder sieben Jungs und stellen sich gegenseitig vor.

Ich schaue nach rechts, nein!

Schaue nach links, nein!

Verdammt, wo war er noch gleich..?

Und plötzlich tritt er wieder in das Sichtfeld.

„Hallo Lucas.." sage ich zu mir selbst.

Um 16 Uhr müssen wir uns alle in der Aula zum *Kennenlerngespräch* treffen. Natürlich will mich Emma begleiten.

„Hey, es heißt doch Kennenlerngespräch! Also lernen wir die Jungs mal kennen," lacht sie.

Er wird mir schon nicht über den Weg laufen, bei so viel neuen, denke ich und betrete die Aula.

Falsch gedacht. Ich hätte es eigentlich wissen müssen, denn Lucas begutachtet eine neue Situation immer erst mal vom Rand aus.

College => Neue Situation,

vom Rand aus => gaaannz hinten, in der letzten Reihe, am besten neben der Tür.

Neben der Tür! Ich kann mich nicht unbemerkt an ihm vorbei schleichen.

Er sieht mich überrascht und irgendwie wenig erfreut an.

Schüttelt seinen Kopf und dreht sich weg.

„Kennt ihr euch?" fragt Emma die seine Reaktion bemerkt hatte.

„Ja wir waren auf der selben Schule."

Lucas dreht sich zu uns um und schaut mich an.
„Selbe Schule ja?" sagt er dabei.
„Ja! Wir waren doch in der selben Schule!"
„Tzzz," schüttelt er seine Kopf,
„was willst du damit erreichen?" und zeigt auf meine Kette.
„Gar nichts.., ich wusste ja nicht, dass du auch hier bist."
„Dann denk mal darüber nach warum, Pia!"
„Weil du seit 3 Jahren nicht mit mir reden willst?!" antworte
ich leicht genervt.
„Und warum?"
„Wegen etwas blödes, was ich auf dem Konzert gesagt habe!"
„Konzert? Welches Kon..? ach das. Nein ich meinte den
Schulball."
Er wirkt auch genervt.
Emma hört uns aufmerksam zu. Ich schweige.
„War mir klar, Pia. Ich hatte es ernst gemeint, was ich gesagt
habe."
„Ich auch, nein ich meine ich nicht," stottere ich.
Erneut schüttelt er seinen Kopf und dreht sich zu Emma um.
„Hallo ich bin Lucas, ich war auf der selben Schule wie Pia,"
schüttelt ihre Hand und lässt mich wieder stehen.
Emma sieht mich fragend an,
„dein Ex-Freund?"
„So in der Art!" antworte ich und sehe ihm nach.
„Was hat er denn ernst gemeint auf dem Schulball?"
„Nicht so wichtig!" seufze ich und laufe zu einem freien Stuhl.

Drei Kurse besuchen wir gemeinsam. Zwei davon mit Emma.
Sie ist zwar schon im zweiten Semester, findet aber nichts
gegen eine Auffrischung und belegt meinen Kurs neu.
Es läuft wie in der Highscool. Lucas beachtet mich nicht, oder

kaum. Ich sitze im Kurs und schaue mir das Foto an.

„Also doch Ex-Freund!" erwähnt Emma als sie es sieht.

Schnell verstecke ich es wieder in der Handytasche. Um Lucas aus dem Weg zu gehen, begrabe ich mich mit meinen Büchern auf meinem Zimmer.

„Willst du nicht mal mit auf den Campus kommen?" versucht mich Emma aus dem Zimmer zu locken.

„Nein lieber nicht, ich will nicht..!"

„Nicht was?" fragt sie neugierig,

„deinem süßen Ex über den Weg laufen?"

„Er ist nicht mein Ex!" betone ich.

„Ok, egal was für eine Vorgeschichte ihr habt, du schaffst es nicht ihm aus dem Weg zu gehen, also kannst du auch gleich das beste daraus machen."

„Und das wäre?"

Jetzt werde ich neugierig.

„Suche dir ein Schnucki und mache ihn Eifersüchtig!" lacht sie mich an und zuckt mit den Augenbrauen.

Ich seufze,

„genau! Dass ist das Problem. Das ist schon mal schief gelaufen."

Sie lässt sich auf das Bett fallen,

„auf dem Schulball?"

„Ja, der Schulball!"

„Erzählst du es mir?"

„Ok ich komme mit auf den Campus," lenke ich ab.

„Irgendwann bekomme ich es heraus," grinst sie und zieht die Jacke an.

Auf dem Campus ist es voll, hier scheinen sich alle nach den Kursen zu treffen. Wir holen uns einen Kaffee und setzten uns auf eine Bank.

„Also? Lucas ist kein Ex. Was ist er dann?"
Ich nippe an meinem Kaffee und versuche die Frage zu ignorieren.
„Unerfüllte Liebe?" fragt sie weiter.
Ich ignoriere sie erneut.
„One-night-Stand?" versucht sie es weiter.
„Ich brauche einen Hinweis!"
Ein Schatten fällt auf unsere Gesichter.
Wir schauen auf und Lucas steht vor uns.
„Na los, was bin ich für dich?"
„Ein bisschen von allem!" antworte ich ihm.
Er lacht,
„ich glaube der One-night-Stand eher nicht Pia,"
und läuft weiter.
Emma sieht mich noch neugieriger an als sonst.
„Ehemaliger bester Freund seit ich Fünf bin," seufze ich.
„Ehemalig?"
„Ja, ehemalig," wiederhole ich,
„und jetzt sag ich nichts mehr."
Für´s erste hatte ich Emma´s Neugierde gestillt. Für´s erste...
Am nächsten Tag erwische ich sie, wie Emma versucht ihre Informationen aus Lucas herauszubekommen. Sie sitzen beim Essen und Emma löchert ihn mit ihren Fragen. Er schweigt sie an.
„Puhh echt, das könnt ihr echt gut, Schweigen!"
Lucas´Blick fällt auf mich als ich mich setze.
Er beißt sein Sandwich ab und sieht mir starr in die Augen.
„Zuckerwatte oder Schokofrüchte?" frage ich ihn.
Er lächelt. Emma runzelt die Stirn.
„Beides," antwortet er.
„Ketchup oder Mayo?" frage ich weiter.

Wieder lächelt er.

„Beides."

„Pizza oder Pasta?" frage ich nochmal.

„Beides," kommt es synchron von uns.

„Schnee oder Sonne?" fragt er mich.

Schnee im Sommer," sage ich.

Er lächelt und für einen Moment fühle ich mich wie damals.

„Was soll das jetzt?" fragt Emma genervt.

Lucas packt sein Essen zusammen und steht auf.

„Freundschaft oder Liebe?" fragt er mich bevor er weg läuft.

„Klärst du mich mal auf?"

Emma sieht verwirrt aus.

„Das war unser Spiel. Warum entscheiden wenn man doch beides haben kann," erkläre ich ihr.

Sie runzelt erneut die Stirn und schüttelt den Kopf.

„Kommen wir wieder zum Schulball, was passierte da noch gleich?"

Ich lächle und gehe wortlos davon.

Meine Mom hatte mir einen Brief geschrieben. Sie hatte mit Lucas' Mom gesprochen und herausgefunden, dass er ebenfalls hier auf diesem College studiert.

Ja wirklich? denke ich.

Anbei liegen noch ein paar Foto´s von uns.

Was bezweckst du damit, Mom?

„Oh, ihr seit ein hübsches Paar!"

Emma sieht mir über die Schulter.

„Wir waren kein Paar, nur Freunde!" betone ich.

„Und warum haltet ihr euch an jedem Foto an den Händen?"

Sie schnippt mit den Fingern und zischt mich dabei an.

„Was willst du mir jetzt damit sagen?"

„Nichts! Ich kenne ja eure Geschichte nicht, sind alles nur Vermutungen."

Sie zieht ihre Unterlippe nach vorne und sieht mich bittend an.

„Also gut!" sage ich und erzähle ihr unsere Geschichte.

„Ah ok. Daher die Frage Freundschaft oder Liebe!"

Ich nehme wieder die Foto´s die Mom mir schickte und streichle über Lucas´ Gesicht.

„Warst du eifersüchtig auf Tess?" fragt sie nach einer Weile.

„Nein!!" rufe ich entsetzt,

„ich meine nicht auf diese Art."

„Sicher?"

Emma nimmt ein Foto, auf dem wir uns umarmen und sich unsere Gesichter so nah sind, dass sich die Nasenspitzen berühren.

„Auf dem Foto waren wir Zwölf!" reiße ich es ihr aus der Hand.

„Und? Meine Mom lernte meinen Dad im Kindergarten kennen. Sie hat ihre Sandkastenliebe geheiratet, sagt sie immer."

Sie grinst mich dabei an,

„denk mal darüber nach...!"

„Brauche ich nicht. Er verliebte sich in Tess."

„Pfff.. ein Moment der Schwäche," winkt sie ab.

„Der Drei Jahre dauerte?" frage ich mit gerümpfter Nase.

„Weil du ihm die Freundschaft kündigtest," ruft sie mit betonter Stimme.

Ich lege die Foto´s im meine Kommode und mich wortlos ins Bett.

Ich habe nie darüber nachgedacht, wie meine Gefühle für Lucas wirklich sind. Vielleicht war ich auf Tess eifersüchtig, weil ich was für ihn empfand.

Im nächsten Kurs kann ich mich nicht wirklich konzentrieren., ich sitze schräg hinter Lucas und beobachte ihn. Er tippt auf seinem Handy. Ich versuche herauszufinden wer ihn da die ganze Zeit schreibt und rege meinen Hals.

„Tess," sagt Emma ohne mich anzusehen.

„Wie bitte?"

„Tess, er schreibt mit Tess!"

„Woher weißt du das jetzt wieder?"

„Er hat mit ihr telefoniert als wir rein liefen."

„Was will die denn?" murmle ich genervt.

Emma lächelt.

„Ich bin nicht eifersüchtig!" betone ich.

„Ich habe nichts gesagt," antwortet Emma beiläufig und macht sich Notizen.

Sie knüllt ein Papier zusammen und wirft es Lucas an den Kopf,

„pssst..!"

„Was?" zischt er, als er sich umdreht.

„Kommst du mit Essen?"

Ohne ein Wort dreht er sich wieder um.

„Was hast du vor?" flüstere ich.

„Nichts, ich habe Hunger," flüstert sie zurück.

Wir stehen in der Mensa, in der Warteschlange und ich sehe mich um.

„Er ist nicht hier!" meint Emma und stellt sich einen Wackelpudding auf das Tablett.

„Ich suche nur einen freien Tisch," verteidige ich mich, „und er ist doch hier, dort hinten."

Emma fängt wieder an zu lächeln und ich verdrehe die Augen.

Schnurstracks läuft sie auf Lucas´ Tisch zu und setzt sich ohne ihn zu fragen zu ihm..

Genervt sieht er sie an. Vorsichtig setze ich mich neben ihn.

„Was wollt ihr?"

„Essen," lächelt Emma.

Er nimmt sein Tablett und steht auf, Emma tritt nach mir.

Ich stehe auf und nehme ebenfalls mein Tablett.

„Du kannst sitzen bleiben, ich gehe," und setze mich alleine an den Nachbartisch.

Lucas sieht mir nach, beißt von seinem Burger ab und setzt sich wieder.

„Schulball," höre ich Emma sagen.

„Was?" kommt von Lucas.

„Sie hat es mir erzählt!"

„Hat sie, Ja?"

„Ja!"

Lucas sieht zu mir herüber, ich tu so als würde ich nichts hören.

„Was genau hat sie dir erzählt?" fragt er Emma.

„Sie wollte dich eifersüchtig machen!"

Ich schließe meine Augen und halte meine Hand davor.

Was hast du vor, Emma?

Ich erkenne ein Lächeln auf Lucas´ Gesicht.

„Weiter?" fragt er.

„Hatte es geklappt?" stellt sie als Gegenfrage.

Er schiebt sich eine handvoll Pommes in den Mund und sagt kein Wort. Sieht sie nur streng an.

„Ok, Ok, mehr weiß ich nicht. Aber ich weiß dass das was da passierte, der ausschlaggebende Punkt für diese Situation zwischen euch ist."

Lucas sieht zu mir herüber, ich erwidere seinen Blick, insgeheim erwarte ich auch eine Antwort.

„Eifersüchtig machen?" fragt er nur, steht auf und verlässt die Mensa.

„Bist du irre?" rufe ich Emma zu.

„Ja, ein bisschen," lacht sie und setzt sich zu mir.

„Erzähl mir einfach was passiert ist auf dem Schulball?"

Ich stochere in meinem Pudding und fange an zu erzählen.

„Es gab nur einen Jungen der Lucas zur Weißglut brachte, Jack Stuart. Und genau diesen Jungen habe ich mir ausgesucht."

Ich sehe Emma an, sie zieht die Augenbrauen nach oben, „für was?"

„Um Lucas zur Weißglut zu treiben!"

Sie nimmt mir meinen Pudding vom Tablett, isst einen Löffel und fordert mich auf weiter zu erzählen.

„Er war mein Date für den Schulball. Lucas wusste, was Jack versuchen würde auf dem Schulball. Das war kein Geheimnis, jeder wusste es. Das war seine Masche und nicht der erste Ball."

Emma zeigt mit dem Löffel auf mich, „du hast es absichtlich gemacht?!"

„Genau. Und wie es nicht anders zu erwarten war, hat Jack kaum waren wir auf dem Ball schon an mir herumgekrabbelt. Lucas raste, Tess konnte ihn kaum bremsen. Ich habe mich absichtlich jedes mal wenn Lucas zu uns schaute, an Jack geschmiegt und ihn geküsst. Später am Abend gingen wir dann in die Turnhalle. Ich wusste, Lucas hatte es mitbekommen. Jack und ich versteckten uns in der Abstellkammer und er fing an mich heftig zu küssen."

Emma sieht mich Erwartungsvoll an. Ich stocke und sehe mich nach Lucas um.

„Weiter, weiter," fordert sie mich auf.

Mit einem Seufzer erzähle ich weiter.

„Plötzlich reißt Lucas die Tür auf und zieht Jack ruckartig heraus, schlägt ihm ins Gesicht und schreit

Lass die Finger von ihr, du Schwein.

Jack´s Nase blutete."

Emma hält sich die Hand vor den Mund. Wieder schaue ich mich nach Lucas um, bevor ich weiter erzähle.

„Ich schrie ihn an, *was soll der Scheiß.* Jack meinte, dass es das nicht wert wäre und ging. Wieder schrie ich Lucas an

was soll der Scheiß?

Ich beschütze dich, meinte er.

Beschützen? Vor was? meinte ich,

ER: *Dummheiten,*

ICH: *du brauchst mich nicht zu beschützen,*

ER: *Doch. Wir sind Freunde, und Freunde beschützen sich gegenseitig.*

ICH: *Freunde? Nein wir sind keine Freunde, nicht mehr, und ich wünschte wir wären nie Freunde geworden!*

Und stürmte an ihm vorbei..."

Emma sieht mich entsetzt an,

„wow, das war heftig!"

„Ja," nicke ich,

„danach hat er Drei Jahre kein Wort mit mir gewechselt."

„Ok, jetzt verstehe ich das er keine Lust auf deine Gesellschaft hat."

Ich rühre mit einer Pommes im Ketchup und schmeiße sie auf das Tablett.

„Und jetzt? Wie stehst du jetzt zu mir?" frage ich Emma.

„Du warst Sechzehn, da macht man eben solche Dummheiten. Du solltest aber auf jeden Fall mit Lucas darüber reden."

Das versuche ich doch! Aber Lucas hat wie Emma sagte, keine

Lust auf meine Gesellschaft.

Die nächsten Tage ging er mir sichtlich aus den Weg. Wenn ich den Raum betrat, stand er auf und verließ ihn. Wenn ich mich im Kurs hinter ihn setzte, dann stand er auf und setzte sich um. Selbst in der Mensa verging ihm der Appetit als ich mich setzte. Obwohl ich mich nicht in seiner Nähe befand, bemerkte ich wie er kurz danach die Mensa verließ.

Es sind Semesterferien und ich werde nach Hause fahren. Emma und ich verabschieden uns am Busbahnhof und ich steige in den Bus, setze mich ans Fenster und winke ihr nach draußen. Sie zeigt nach vorne und sieht mich mitleidig an. Ich sehe zur Tür als er einsteigt, Lucas! Unsere Blicke treffen sich. Wortlos setzt er sich jedoch Zwei Reihen vor mich. Es ist schon eigenartig, mit ihm im selben Bus, trotzdem alleine. Mit ihm auf dem selben College, trotzdem sind alle Fremd. Wir kommen mitten in der Nacht an. Ich bekomme eine SMS, meine Mom hat die Nachtschicht, ich müsse mir ein Taxi nehmen.

„Großartig," fluche ich laut und sehe auf die Uhr. Ich bemerke wie Lucas mich beobachtet, ignoriere ihn aber, so wie er mich die letzten Wochen. Nehme meinen Koffer und schiebe ihn zum Taxistand. Zu meinem Pech befinden sich gerade keine Taxi´s am Stand und ich muss warten.

Ein Auto fährt vor und hält direkt vor mir. Ich erkenne Lucas auf dem Beifahrersitz. Er sieht mich mit gesenktem Kopf an. Seine Mom winkt mir freudig zu, ich winke zurück. Kann nicht verstehen was sie zu Lucas sagt, doch er verdreht seine Augen und steigt aus. Nimmt meinen Koffer und legt ihn in den Kofferraum. Genervt öffnet er die Tür und signalisiert ohne Worte ich solle einsteigen.

Schweigend sitzen wir im Auto, seine Mom beobachtet mich im Rückspiegel.
„Ist schon ein Zufall, ihr Zwei auf dem selben College?"
Wir schweigen.
„Naja ihr sagtet ja immer ihr wollt euch das gleiche aussuchen."
Wir schweigen immer noch..
„Aber das ihr nicht wusstet welches der andere auswählt, und trotzdem im gleichen landet?"
Lucas sieht zu seiner Mom.
„Das ist doch echt einmalig, nicht?"
Er schüttelt seinen Kopf und sagt kein Wort.
Ich sehe sie über den Rückspiegel an, sie verdreht die Augen.
„Danke, Mrs. Fisher," bedanke ich mich als wir vor meinem Haus parken. Lucas steigt ebenfalls aus und holt meinen Koffer. Unsere Hände berühren sich als er ihn abstellte, für den Bruchteil einer Sekunde treffen sich unsere Blicke, dabei fuhr es mir eiskalt den Rücken herunter und meine Backen glühten.

Ich sitze auf meinem Bett und starre den Stein an.
Erinnere mich mich an den Sommer als er in mir schenkte.
„Ich habe noch nie so sehr eine Sache bereut wie unser Streit," sage ich als Mom sich neben mich setzt.
„Dann solltest du es ihn wissen lassen!"
Es ihn wissen lassen...
Ich habe in all den Wochen im College, Lucas nie wissen lassen, dass es mir Leid tut.
„Das Frühstück steht unten," sagte Mom bevor sie sich schlafen legt.
Nach dem Frühstück beschließe ich mit Lucas zu sprechen.
Ich schicke ihm eine SMS und bitte ihn an den See zu

kommen.

Seit Dreißig Minuten sitze ich auf dem Steg und werfe Steine ins Wasser. Stein für Stein beschleicht mich das Gefühl, Lucas taucht nicht mehr auf. Gerade als ich mich wieder auf den Heimweg machen wollte,überrascht er mich. Ich sehe ihn den Steg entlang laufen und er setzt sich neben mich.

„Hallo Lucas," freue ich mich.

Er sieht mich Ernst an,

„ich bin da!"

Ich halte ihm unseren Stein entgegen. Ohne ihn in die Hand zu nehmen, sieht er ihn an. Ein kleines Lächeln macht sich auf seinem Gesicht breit.

„Ich vermisse dich," sage ich und hoffe es geht ihm genau so. Sein Kopf bleibt gesenkt als er mich ansieht, ohne lächeln.

„Wir wollten Freunde bleiben für immer?"

Auch mein Lächeln ist erloschen. Wortlos sieht er mich an, schaut mir stur in die Augen.

„Kannst du mir verzeihen?" frage ich und halte erneut den Stein in seine Richtung.

„Wenn nicht, dann wirf den Stein in den See und ich werde dich nie wieder belästigen."

Lucas zögert, doch ich bekomme keine Antwort.

Ich lege ihm den Stein in die Hand. Erwartungsvoll sehe ich ihn an und warte. Als ich meine Augen kurz schließe, höre ich ein *PLOPP* und über das Wasser schwimmt ein Ring.

Lucas lässt mich alleine zurück.

Kapitel 2
Zeichne was dich glücklich macht

„Er hat echt euren Freundschaftsstein in den See geworfen?"
Emma sieht mich entsetzt an,
„wow, er ist echt nachtragend."
Wir sitzen auf einer Party, seit Zwei Tagen bin ich wieder im
College, wollte früher wie Lucas fahren. Ich muss zugeben, es
hat mir echt weh getan, dass er den Stein in den See geworfen
hat. Doch im gleichen College zu sein, ist wie in der gleichen
Schule. Es ist mir nicht möglich, ihm aus dem Weg zu gehen.
Lucas sitzt auf dem Sofa und unterhält sich mit einem
Mädchen. Sie lacht, und wirft ihren Kopf nach hinten, spielt an
ihren Haaren. Er geniest ihre Gesellschaft. Ich beobachte die
beiden und ertappe mich wie ich ihr eine Warze ins Gesicht
wünsche.
„Das ist Amy! Sie scheint wieder auf der Jagt zu sein,"
klärt mich Emma auf.
„Wie kommst du darauf, dass mich das interessieren könnte?"
gebe ich zurück.
Sie fängt an Laut zu Lachen.
„Weil du so ausschaust als wünscht du ihr Bettwanzen oder
so!"
„Eine Warze!" gebe ich zu.
Immer noch lachend wendet sie sich Amy zu.
„Hey Amy, ist doch gar nicht dein Beuteschema, er ist Blond!"
Beide schauen in unsere Richtung,
„na in deines auch nicht, er ist männlich!" ruft sie zurück.
„Wenn du das sagst?!"
Lucas sieht mir tief in die Augen als er an mir vorbei läuft.

„Eifersüchtig?!" flüstert er in mein Ohr.

Ich schreibe mich in den Kunstkurs ein. Hier kann ich mich
nach den normalen Kursen verstecken. Ablenken, ihm aus dem
Weg gehen. Die Kurse finden Nachmittags statt. Hier dürfen
wir frei zeichnen. Ich baue meine Staffel auf und lege meine
Utensilien zurecht.
„Zeichnen sie was sie glücklich macht," sagt die Kunstlehrerin.
Was mich glücklich macht
Aus meiner Handytasche hole ich das Foto von Lucas und
klemme es ans Brett. Nehme einen Bleistift und fange an zu
zeichnen.
„Oh, das ist wundervoll," höre ich Mrs. Ken, die mich aus
meiner Trance löst.
„Du hast Wahnsinns Talent, diese Genauigkeit, einfach toll.
Man erkennt das Foto sofort," lobt sie mich.
Ich erröte leicht als Zwei weitere Studenten mein Werk
bewundern.
„Du solltest ein Bild für die Ausstellung malen."
„Ja genau!" fordern sie mich auf und halten mir einen Flyer vor
die Nase.
„Kannst du das auch mit Acryl?"
fragt Mrs. Ken und zeigt mir die Farben.
„Hier probiere es mal."
Total überrumpelt nehme ich meine Sachen und die Zeichnung,
„Ah ja ein anderes mal" und verlasse den Kunstraum.

Jede freie Minute kritzle ich Skizzen auf Servierten,
Papierschnipsel, Pappuntersetzer. Bäume, Blumen,
Kaffeetassen, was mir gerade so einfällt, wird skizziert.
„Du solltest dir so ein Profizeichenblock kaufen,"

meint Emma, die wieder mal meine Papierskizzen zusammen sammelt.

„Und eine Mappe dazu!"

Ich sehe in den kleinen Karton, in den sie die Skizzen aufbewahrte,

„ja, sollte ich...!"

Ich stehe im Kunstmarkt und kaufe mir Material für den Kunstkurs.

Gegenüber befindet sich ein kleiner Park. Auf einer Bank beschließe ich etwas zu zeichnen. Beim umsehen entdecke ich Lucas an einen Baum gelehnt und in einem Buch lesend.

Zeichne was dich glücklich macht..

Zurück im College präsentiere ich Emma stolz meine Mappe.

Der nächste Kurs langweilt mich. Ich weiß überhaupt nicht, warum ich diesen Kurs belegt hatte, Mediendesign..!

Ich hole meine Zeichenmappe aus der Tasche und beginne zu zeichnen was ich vor mir sehe. Schräg, Zwei Reihen vor mir sitzt Lucas. Er macht sich ausgiebig Notizen, oder kaut auf seinem Bleistift.

Zeichne was dich glücklich macht..

„Gehen wir heute Abend in den Billard-Pup?"

Emma erwartet mich bereits vor dem Vorlesesaal.

„Eigentlich bin ich.."

„Müde, ja ich weiß du bist jeden Abend Müde,"

unterbricht sie mich und rollt mit den Augen.

Ich hake mich bei ihr ein,

„ok, aber nur einmal."

„Diese Zeichenmappe ist jetzt dein ständiger Begleiter, was?"

Wir sitzen im Billard-Pup und Emma stellt mir ein Bier hin. Ich habe meine Mappe auf dem Tisch liegen.

„Immer bereit wenn ein Motiv erscheint," scherze ich.

Eigentlich hätte ich auch zu Hause bleiben können, denn
Emma sitzt am Nebentisch und knutscht mit einem Jungen.

„Und genau aus diesem Grund habe ich dich mitgenommen,"
spreche ich mit meiner Mappe und schlage sie auf.

Seit etwa 45 Minuten zeichne ich den Barkeeper als Emma
wieder am Tisch erscheint.

„Wow das sieht ja Hammer aus!"

Ich lächle sie an,

„wo ist dein Romeo?"

„Auf´m Klo! Apropos Romeo,"

sie zeigt hinter mich, ich erkenne Lucas!

Seufzend wende ich mich wieder dem zeichnen zu.

Zeichne was dich glücklich macht..

Im Kunstkurs wird hektisch gearbeitet, die Kunstausstellung
steht kurz bevor. Jeder möchte DAS beste Bild abgeben.

„Werden sie auch ein Bild für uns anfertigen?" werde ich
gefragt.

„Äh ja. Ich habe bestimmt eines in meiner Mappe, ich suche
ihnen welche heraus."

„Das ist großartig. Ich bin gespannt auf ihre arbeiten."

Memo an mich: unbedingt Skizzen für den Kunstkurs
anfertigen.. denke ich und laufe aus der Klasse.

„Du bist echt nur noch am zeichnen," ermahnt mich Emma als
sie in unser Zimmer kommt und mich zeichnend auf dem Bett
vorfindet.

„Ja, das ist für die Kunstausstellung, wie findest du es?"

Ich halte ihr eine Zeichnung von unserer Uni unter die Nase.

„Oder findest du das besser?"

„Oh nein, diese nicht!!"
Ich lache, die Zeichnung mit dem knutschenden Romeo findet
sie wohl nicht so geeignet.
„Die behalte ich selbst.."
Sie pinnt sich das Bild über das Bett.
Ich denke ich werde das Bild vom Barkeeper aus dem Billard-
Pup auch noch dazu legen. Sorgfältig hefte ich die
Zeichnungen in eine separate Mappe.
„Kannst du auch aus dem Kopf zeichnen?"
fragt mich Emma und schiebt sich eine handvoll Chips in den
Mund, während sie sich auf das Bett Plumpsen lässt.
„Ja klar."
„Mach mal."
„An was denkst du?"
Sie zuckt mit den Schultern,
„was dir gerade einfällt."
Ich nehme ein Blatt und beginne eine neue Zeichnung.
Emma sieht mir gespannt über die Schulter.
An ihrem Gesichtsausdruck lässt sich erkennen, dass sie
versucht zu erraten was ich denn zeichne.
„Mmmhhmm," nickt sie als ich fertig bin,
euer Freundschaftsstein."

Die nächste Woche nehme ich mir frei und fahre nach Hause zum Geburtstag meiner Mom. Ein Abstecher zum See, lasse ich mir nicht nehmen. Ich sitze seit einer Stunde am Steg und starre in das Wasser. Ständig höre ich das *PLOPP* des Steines und stelle mir vor, wie er am Grund liegt und langsam vom Moos eingeschlossen wird. Mein Handy klingelt,
„Hallo?"
„Hey Pia, hier Emma, hör mal du hast die Kunstausstellung vergessen. Mrs. Ken war schon Drei mal hier.
Die Kunstausstellung?! Mist
Ich wollte die Skizzen vor meiner Abreise noch bei ihr vorbei bringen.
„Ich habe sie in eine Mappe gepackt, liegt unter den Bett."
„Unter dem Bett?" höre ich sie mit überraschter Stimme fragen.
„Ja unter dem Bett."
Sie stöhnt, scheinbar krabbelt sie gerade unter mein Bett.
„Ah ja, ich habe sie. Ich bringe sie gleich rüber."
Nach dem auflegen gehe ich zur Party meiner Mom.

Kaum bin ich wieder auf dem Campus Gelände, werde ich auch schon von Mrs. Ken empfangen.
„Pia, deine arbeiten sind großartig. Ich habe sie alle ausgestellt. Vielen Dank."
Alle? Es waren doch nur Zwei?!
Die Ausstellung ist seit gestern eröffnet, doch ich will erst meine Sachen auf das Zimmer bringen.
„Bitte Pia, töte mich nicht!!" fleht Emma mich an, als ich die Tür öffne.
„Warum sollte ich dich töten?"
„Warst du noch nicht in der Ausstellung?"

Neugierig sehe ich sie an.
„Nein wieso?"
Sie hält sich die Hand vor das Gesicht und flüstert,
„ich habe Mist gebaut!"
„In wie fern??"
meine Stimme ist Laut.
Emma läuft zum Tisch und zeigt mir die Mappe die ich für
Mrs. Ken gerichtet hatte. Hastig reiße ich sie ihr aus der Hand
und öffne sie. Es fallen mir die Zwei Zeichnungen entgegen die
ich extra angefertigt hatte.
„Welche Zeichnungen wurden ausgestellt?"
„Es tut mir leid Pia."
Ich stürme aus dem Zimmer und renne den Flur entlang.
Emma hastet hinterher. An der Ausstellung angekommen, traue
ich meinen Augen kaum. An den Wänden hängen meine
Kohlezeichnungen von **Lucas.**

Lucas sitzend beim lernen am Baum gelehnt.
Lucas im Kurs im mitten der anderen, kauend am Bleistift.
Lucas beim Billard spielen im Pup.
Lucas auf einer Mauer sitzend, auf dem Handy tippend.
Lucas beim Essen.

Ich laufe um die Ecke, wo weitere Bilder hängen..

Lucas und ich am See, händchenhaltend, in die Kamera
lächelnd.
Daneben die Zeichnung unseres Freundschaftssteines,
vor dieser Zeichnung sitzt **Lucas.**
Ich glaube mir wird schlecht..

Seit mittlerweile Vierzig Minuten sitzt Lucas auf einem Stuhl vor meiner Zeichnung und starrt sie an. Emma und ich verstecken uns in einer Ecke. Jede meiner Skizzen habe ich mit
Zeichne was dich glücklich macht
unterzeichnet, was Mrs. Ken inspirierte die Ausstellung unter dem Motto **Zeichne was dich Glücklich macht** zu stellen. Immer mehr Studenten betreten die Ausstellung und bewundern meine Arbeit. Ich würde gerne wissen was Lucas durch den Kopf geht, nervös kaue ich auf meinen Nägeln. Es sind bereits Sechzig Minuten um, seit ich die Ausstellung betreten habe. Lucas sitzt immer noch an der gleichen Stelle, immer noch starrt er schweigend auf meine Zeichnungen.
„Hey, das bist du, richtig?" wird er von Zwei Mädchen gefragt.
Er blickt sie an, sagt kein Wort.
„Zeichne was dich Glücklich macht," lesen sie laut vor,
„Na da machst du aber jemanden sehr Glücklich.."
Immer noch sagt er kein Wort.
„Piaaa, da bist du ja!"
Ich zucke zusammen, Mrs. Ken hatte mich entdeckt.
„Toll nicht? So viel Besucher hatten wir schon lange nicht mehr."
Sie zieht mich aus der Ecke vor eines der Bilder.
„Das gefällt mir am besten!"
Meine Augen weiten sich,
nicht das auch noch..
Es zeigt Lucas und mich beim küssen,
ein Bild das nie so stattgefunden hatte,
ein Bild das nur in meinem Kopf existierte,
ein Bild das ich mir wünschte..
Nervös sehe ich zum Stuhl, Lucas war verschwunden...!

Seit der Ausstellung scheint jeder meinen Namen zu kennen. Mehrfach werde ich gebeten ein Portrait anzufertigen. Ich verstecke mich seit Zwei Wochen auf meinem Zimmer, seit Zwei Wochen werden meine Bilder ausgestellt. Heute ist der letzte Tag. Heute kann ich die Bilder wieder abholen. Mit Kapuzenpulli und Sonnenbrille getarnt, laufe ich den Flur entlang.

Seufzend steht Mrs. Ken vor den Bildern.

„Oh Pia, es tut mir wirklich leid."

Sie sieht traurig aus.

„Heute Nacht wurde eines deiner Bilder gestohlen," erklärt sie mir.

„Wie bitte??" reiße ich mir die Sonnenbrille vom Gesicht.

„Ja, es wäre mir erst gar nicht aufgefallen, wenn es nicht mein Lieblingsbild wäre."

Kopfschüttelnd hängt sie die restlichen Bilder ab.

„Welches war nochmal ihr Lieblingsbild?" wage ich mich zu fragen.

„Das mit dem Kuss," flüstert sie und zwinkert.

„Großartig," rufe ich laut,

„das einzige Fakebild in der Ausstellung und irgendjemand klaut es!"

Mrs. Ken tätschelt mir auf die Schulter und packt weiter die anderen Gemälde meiner Mitstudenten zusammen.

Unkonzentriert laufe ich wieder zurück.

In meinen Gedanken überlege ich warum jemand ausgerechnet diese Zeichnung gestohlen hatte.

Gerade als ich um die Ecke biege, stoße ich mit jemandem zusammen. Meine Zeichnungen fliegen quer durch den Flur und liegen überall verstreut.

„Entschuldige bitte," sage ich und räume hastig alles

zusammen. Im Augenwinkel erkenne ich das er mir hilft. Als ich aufblicke, erstarre ich leicht, es war Lucas! Er hält die Zeichnung von ihm und mir und betrachtet sie.
„Du kannst es behalten!" sage ich und lasse ihn stehen.

Jetzt bin ich diejenige, die Lucas aus dem Weg geht.
Ich wechsle die Seite wenn wir uns auf dem Campus begegnen.
Gehe Essen wenn fast alle schon gegessen haben und war seit einer Woche nicht mehr in unseren gemeinsamen Kursen.
„Pia du machst mir Sorgen."
Emma bringt mir mittlerweile schon das Abendessen auf das Zimmer. Sie versteht nicht wie ich mich fühle.
„Es waren doch nur Zeichnungen!" sagt sie beleidigt.
„Nur Zeichnungen? Es waren private Zeichnungen!" schimpfe ich sie aus.
„Wenn du nicht wolltest dass Lucas sie sieht, warum hast du ihn dann gezeichnet?"
„Wenn du kein Mist gebaut hättest und die richtige Mappe abgegeben hättest, dann hätte Lucas sie nie gesehen!" schreie ich sie an.
„Ja ja, hätte, hätte.." rollt sie die Augen,
„ich sagte doch es tut mir leid."
Ich schmeiße mich auf das Bett und vergrabe mein Gesicht im Kissen.
„Jetzt denkt jeder ich bin in Lucas verliebt," murmle ich,
„schlimmer, ER denkt es!"
Emma lächelt,
„ist es etwa nicht so?"
„Nein!" protestiere ich,
„siehst du, du denkst es auch..!"
Sie legt sich neben mich und nimmt meine Hand.

„Weißt du, wenn jemand mich in allen möglichen Situationen zeichnen würde und dann noch ein Kussfoto..."
Ich quietsche und vergrabe erneut mein Gesicht,
„...dann würde ich ebenfalls denken, derjenige sei in mich verliebt...."
„AaaahhhH," stöhne ich.
„... und dann noch - Zeichne was dich Glücklich macht - ?"
Ich sehe sie an,
„ok, du hast recht."
„Siehst du!"
Lachend rollt sie sich auf den Rücken.
„Apropos, Kussfoto, ich weiß wer es geklaut hat."
Sie holt ihr Handy aus der Hosentasche und zeigt mir ein Video.
„Die Nerds aus der Videoabteilung haben die Ausstellung verwanzt."
Das darf doch nicht wahr sein!!
denke ich nach dem ich es mir angesehen hatte.
„Weiß er, dass er gefilmt wurde?"
„Nein ich denke nicht. Mrs. Ken hatte keine Erlaubnis dafür erteilt. Sie haben die Kamera heimlich aufgestellt, daher werden sie es niemanden zeigen," erklärt Emma.
„Woher hast du es dann?"
Sie zeigt auf ihr Knutschfoto über dem Bett,
„Tyler ist ein Videonerd," und rümpft dabei die Nase.
Ich sehe mir das Video erneut an, kann es immer noch nicht fassen.
Warum klaut Lucas mein Bild..!!

*Zeichne was dich
Glücklich Macht*

Kapitel 3
Was willst du Pia?

Nach etwa Drei Monaten denkt niemand mehr an die
Ausstellung. Sie haben schon wieder ein neues Projekt.
Ich bin erleichtert dass ich nicht mehr ständig auf die Bilder
angesprochen werde, und auf Lucas.
Trotzdem habe ich nicht vergessen, wer mein Bild geklaut
hatte. Ich habe ihn nie darauf angesprochen. Emma versprach
mir es auch nicht zu tun.
„Er wird schon seine Gründe dafür haben," redete ich mir ein.
„Und ich weiß auch schon welche," zwinkert Emma mir zu.
Wir verabschieden uns, das erste Semester wäre geschafft.
Nach dem Sommer geht es weiter.
„Anständig bleiben," ruft sie mir zu bevor sie in ihren Bus
steigt. Ich sehe mich um und steige ebenfalls in meinen Bus.
Wir fahren ohne ihn los.

Es ist Heiß, die Sonne scheint, trotzdem regnet es leicht.
Ich bin seit einer Woche zu Hause und habe Lucas noch nicht
gesehen. Ich sitze an unserem alten Treffpunkt. Dort haben sich
die Highscoolschüler immer getroffen. Viele bekannte
Gesichter sind heute anwesend, trotzdem sitze ich abseits.
Entdecke einen Regenbogen. Wunderschön. Beginne ihn zu
zeichnen.
„Zur Abwechslung mal einen Regenbogen?" höre ich eine
Stimme hinter mir.
Lucas.. er ist also doch nach Hause gefahren.
„Macht er dich jetzt glücklich," fragt er sarkastisch, läuft an
mir vorbei und setzt sich in die Wiese.
„Oder wartest du nur auf mich?"

45

Wütend schlage ich die Mappe zu und stehe auf.
„Was ist Pia, nicht gut genug? Soll ich mich lieber dort hinsetzen?" ruft er mir hinterher.
„Wieso?" drehe ich mich zu ihm,
„brauchst du wieder ein Bild dass du stehlen kannst?"
Unbeeindruckt schaut er mich an und trinkt aus seiner Flasche.
„Du hättest nur fragen brauchen, dann hätte ich es dir gegeben!"
Er senkt seinen Blick und ich stampfe davon...

Zwei Tage später sitze ich im Café und lese ein Buch.
Ja ich lese!
Wieder überrascht mich Lucas als er sich zu mir an den Tisch setzt. Ich schaue auf und sehe ihn misstrauisch an.
Ohne Worte legt er mir ein gefaltetes Blatt auf das Buch und geht wieder. Ich falte es auf, das Kussfoto!
Auf dem nach Hause Weg entdecke ich Lucas in der Spielhalle. Mit ein paar alten Schulfreunde steht er am Flipperautomat und flippert. Ich versaue seinen Rekord, denn als ich mich vor ihn stelle, rutscht die Kugel ins aus!
„Oooohhh," raunt es um uns herum. Er läuft an einen Tisch und setzt sich zu den Jungs. Ich folge ihm und setze mich ebenfalls. Alle starren mich an. Lucas lächelt, als er einen Schluck trinkt. Ohne Worte signalisiert er den Jungs sie sollen gehen. Ich schiebe ihm die Zeichnung wieder entgegen.
„Du kannst es behalten."
Zaghaft nimmt er es und ich höre ein kleines, leises
„Danke."
„Beantworte mir nur eine Frage!?" sage ich beim aufstehen,
„warum hast du es geklaut? Warum gerade dieses Bild?"
Er fängt nervös mit dem Bein an zu wippen und dreht seine

Flasche auf dem Tisch. Weicht meinem Blick aus.
„Hallo mein Schatz,"
Tess drückt sich an mir vorbei und küsst ihn.
„Entschuldige bitte die Verspätung. Oh Hallo Pia!"
„Hallo Tess," sage ich und drehe mich zum gehen um.

Ich sitze auf der Schaukel. Auf dem Spielplatz,
vor Lucas´s Haus. Beobachte die spielenden Kinder. Auf dem
Klettergerüst machen Zwei Jungs waghalsige Kletterübungen.
An der Rutsche versuchen Zwei Mädchen von unten auf der
Rutschfläche nach oben zu laufen; nach der Hälfte geben sie
auf und rutschen kreischend nach unten. Im Sandkasten sitzen
ein Junge und ein Mädchen und bauen eine Sandburg.
Ich seufze, wie gerne würde ich nochmal Fünf sein und völlig
unbeschwert im Sand spielen.
„Hallo Pia!"
werde ich aus meinen Gedanken gerissen.
„Hallo Tess!"
„Ich weiß was du vorhast!"
„So? Was habe ich denn vor?"
Tess sieht mich streng an,
„tu nicht so unschuldig. Er erzählte mir dass du ihm gefolgt
bist und ihn gemalt hast und dann wie peinlich.."
fuchtelt sie mit ihren Händen.
„... hast du sie auch noch öffentlich ausgestellt."
Mit weit aufgerissenen Augen sehe ich sie an,
„ich bin ihm nie gefolgt! Und das mit der Ausstellung war ein
versehen!"
„Ja ja," winkt Tess ab,
„dass sagst du jetzt."
„Tess ich.."

47

„Nein schon kapiert,"
steht sie auf und schüttelt ihren Kopf,
„halte dich fern von meinem Freund."
Ich senke meinen Kopf,
„ihr seit also wieder zusammen?"
„Ja. Du hast es damals nicht geschafft uns zu trennen und du
wirst es auch heute nicht schaffen!"
Ich hebe meinen Kopf und sehe sie schief an,
„warum drohst du mir dann? Hast du insgeheim doch Angst, er
könne sich für mich entscheiden?"
Sie lehnt sich zu mir,
„lass einfach deine Finger von ihm."
Ich lache und schiebe sie von mir weg.
Tess dreht sich um und läuft Richtung Haus.
„Tess," rufe ich ihr nach,
„damals vor der Abreise, warum hattest du mit ihm Schluss
gemacht?"
Sie antwortet mir nicht, sie lächelt nur und überquert die
Straße.
Obwohl ich mich von Tess nicht einschüchtern lasse, gehe ich
Lucas aus dem Weg. Zumal die beiden wieder überall
herumknutschen. Der Sommer vergeht schnell und ich packe
wieder meine Tasche für die Abreise.
Als Emma das Zimmer betritt, sitze ich auf dem Bett und
zeichne.
„Wie ich sehe hat sich nichts geändert," rollt sie die Augen.
Ich strecke ihr die Zeichnungen von Lucas hin,
„kannst du die bitte vernichten?"
„Warum sollte ich dies tun?"
„Weil ich es nicht kann!"
„Was ist passiert?" fragt sie und nimmt die Zeichnungen

entgegen.

Ich halte den Zeichenblock hoch,

„Tess," sage ich dabei.

Mein aktuelles Bild zeigt Lucas und Tess schmusend im Freibad.

„Oh," antwortet Emma und steckt die Zeichnungen ein.

Ich knülle das Bild zusammen und schmeiße es schreiend gegen die Wand.

„Alles ok?" fragt Emma besorgt.

„Nein nichts ist Ok, was bildet sich diese Hexe eigentlich ein?" Wütend stehe ich auf und laufe im Zimmer auf und ab.

„Ich weiß was du vor hast, hat sie gesagt. Halt dich fern von ihm, hat sie gesagt. Lass deine Finger von ihm..!" Emma sitzt im Schneidersitz auf ihren Bett und isst lächelnd Erdnüsse.

„Ich lasse mir von dir nichts befehlen, Tess!" schreie ich durch das Zimmer.

„Und was hast du jetzt vor," leckt sich Emma die Finger.

Ich lasse mich auf das Bett plumpsen.

„Ich weiß es nicht. Wenn er sie wirklich liebt, sollte ich mich vielleicht ernsthaft fern halten?!"

„Wenn," antwortet Emma und zuckt mit den Augenbrauen, „die Betonung liegt auf Wenn, Schätzchen," fährt sie fort.

„Du solltest als erstes mal herausfinden warum sie Schluss gemacht hatte und warum sie wieder zusammen sind."

„Weil es ein dummer Streit war und sie sich wieder versöhnten, weil sie sich noch lieben?!" argumentiere ich.

„Hat er das gesagt?"

„Nein ich," gebe ich zur Antwort.

„Na dann finde heraus was die Zwei trennte und wie sie ihn

wieder herum bekommen hat."
Ich lehne mich zu ihr,
„wieso denkst du, Tess hat ihn wieder herum bekommen?"
Emma lehnt sich ebenfalls nach vorne,
„weil Lucas dein Kussfoto geklaut hat. Wenn er keine Gefühle
hat, warum klaut er ein Fakebild, das euch beim Küssen zeigt."
Sie hebt die Augenbraue,
„denk mal darüber nach!"

Ich habe darüber nach gedacht, die ganze Nacht. Das einzigste
was mir bewusst wurde war, dass ich mehr für ihn empfinde
wie ich zuerst dachte.
Ich betrete die Mensa und schaue mich nach Emma um.
Lucas sitzt lachend am Tisch und albert mit einem Studenten
herum. Mit einem Tablett und meinem Frühstück laufe ich an
Lucas´ Tisch vorbei, kurz vorher bleibe ich stehen.
Er sieht mich an, ohne lächeln, ich laufe wortlos weiter,
bemerke Emma hinter mir.
„Tzzz" schüttelt sie ihren Kopf als sie an Lucas vorbei kommt.
Er sieht uns nach, keine weitere Reaktion.
„Los frag ihn," fordert Emma mich auf und setzt sich zu mir an
den Tisch.
„Jetzt?"
„Ja, jetzt!" betont sie und stopft sich einen Bagel in den Mund.
Ich beobachte ihn, er albert weiter herum. Doch jedes mal
wenn sich unsere Blicke treffen, wird sein Gesichtsausdruck
ernst.
„Nein, jetzt nicht," gebe ich zur Antwort und schiebe das
Tablett auf die Seite.
„Keinen Hunger?" fragt Emma und hat auch schon meine Eier
auf ihrem Teller.

Ich überlege den ganzen Tag wie ich Lucas nach dem damaligen Grund der Trennung von Tess fragen soll, doch es fällt mir keine geeignete Ausrede ein, sollte er fragen warum ich das wissen wolle.

Nach dem er mich zum Vierten Mal ertappt, wie ich hinter ihm laufe und dann doch wieder umkehre, kehrt er den Spieß um und wartet auf mich vor der Turnhalle. Völlig außer Atem vom Volleyball renne ich ihn fast um.

„Was willst du Pia?"

„Nichts. Du hast mich doch umgerannt:"

„Ich weiß dass du mir den ganzen Tag schon folgst."

Peinlich berührt drehe ich mich weg. Lucas packt mich an den Schultern und dreht mich zu sich.

„Pia?"

„Seit wann bist du wieder mit Tess zusammen?" frage ich leise ohne ihn anzusehen.

Er lässt meine Schulter los, fasst unter mein Kinn und hebt meinen Kopf an. Sein Blick ist gesenkt, trotzdem sieht er mir in die Augen.

„Du willst mit mir über Tess reden?" fragt er verwirrt.

„Nein eigentlich nicht," gebe ich zu,

„ich will.."

„Was?"

Immer noch hält er mein Kinn und schaut mit gesenktem Kopf. Ich spüre wie Tränen in mir aufsteigen.

„Was willst du Pia?" fragt er erneut.

Eine Träne läuft über meine Wange und er wischt sie ab.

Ich nehme meine Hand und falte meine in seine.

Er atmet schwer,

„ich bin mit Tess zusammen!"

Ich nicke und erneut laufen die Tränen. Mit dem Ärmel wische

ich sie ab. Immer noch halte ich seine Hand. Immer noch ist
sein Kopf gesenkt während er mich ansieht.
„Ich, ich vermisse dich," stottere ich.
„Ich weiß," antwortet Lucas und nimmt mich in den Arm.
„Ich muss los, der Kurs fängt gleich an," löst er die
Umarmung.
Ich nicke und Lucas geht die Treppen hinauf. Emma tritt aus
der Ecke und nimmt mich ebenfalls in den Arm,
„war doch ein Anfang, süße!"
Ich muss lachen,
„das war peinlich!"
„Jubb," stimmt sie mir zu und drückt mich fester.

Emma

Nach ihrem peinlichen Auftritt bei Lucas hat sich Pia früh ins
Bett gelegt. Ich beschließe nochmal herauszugehen.
Ins Billard-Pup. Wie jeder auf dem Campus. Es ist das einzige
Pup auf dem Unigelände, also treffen sich die meisten
Studenten im Pup.
„Hallo Lucas," begrüße ich ihn und setze mich zu ihm.
„Hallo Emma," sieht er sich um.
„Sie ist nicht hier, sie liegt schon im Bett."
Er trinkt einen Schluck und sieht mich skeptisch an.
„Was kann ich für dich tun, Emma?"
„Tess!" antworte ich.
Lucas lächelt,
„warum wollt ihr plötzlich über Tess reden?"
„Erzählst du mir warum sie Schluss gemacht hatte?"
Lucas trinkt erneut einen Schluck und zögert.
„Will Pia das wissen oder du?"

Ich nehme eine handvoll Salzbrezeln
in den Mund,
„Waff denkst du?"
Lucas schmunzelt, überlegt ob er wirklich mit mir darüber
reden soll. Er kennt mich aber schon so gut, dass er weiß ich
lasse nicht locker.
„Wir haben uns für das gleiche College beworben," entschließt
er sich mir etwas zu erzählen.
„Aber ich bin nicht mit ihr gefahren."
Ich sehe ihn verwirrt an.
„Hattest du eine Zusage?"
„Ja, und für hier. Tess wusste aber nicht, dass ich mich für
dieses College beworben habe."
„Und warum wolltest du lieber hier her?" bohre ich weiter.
Lucas lächelt, schweigt aber.
„Ok, und deshalb machte sie Schluss?"
„Ja."
„Und warum seit ihr wieder zusammen?"
Lucas hatte recht mit seiner Vermutung, ich lasse nicht locker.
„Sie sagte es tut ihr leid und will mich zurück."
„Und du springst gleich?"
Lucas schaut mich ernst an und lehnt sich im Stuhl zurück.
„Entschuldige, aber Pfff..," winke ich ab.
„Liebst du Tess?"
Er sieht mich erneut skeptisch an,
„wäre ich sonst mit ihr zusammen?"
„Und Pia?"
Lucas zieht die Brauen nach oben.
„Was empfindest du für Pia?"
Er schweigt.
„Hasst du sie immer noch?" hake ich nach.

„Ich habe sie nie gehasst."
„Sie vermisst dich."
„Ich weiß,"
antwortet Lucas und beugt sich zu mir nach vorne,
„das habe ich auf der Ausstellung heraus gefunden!"
Ich beuge mich ebenfalls nach vorne,
„warum hast du das Bild geklaut?"
Er lächelt mich an und steht auf, beugt sich zu mir herunter,
„weil es mich glücklich macht,"
und lässt mich alleine sitzen...

wieder bei Pia

„Guten Morgen, Dornröschen, haben wir gut geschlafen?"
weckt mich Emma am nächsten Tag. Grinsend bürstet sie sich
die Haare.
„Solala," gähne ich sie an.
„Warum hast du so gute Laune?"
Emma ignoriert meine Frage und verlässt unser Zimmer.
Mit meinem Duschbeutel bewaffnet folge ich ihr.
„Jetzt sag schon?!"
Sie stößt die Tür zum Waschraum auf,
„weil es mich glücklich macht."
„Was macht dich Glücklich?" frage ich verwirrt.
„Ach Pia! Ich habe einfach gute Laune."
Immer noch verwirrt schaue ich ihr beim Zähneputzen zu und
lasse es so stehen.

Mit guter Laune und mir im Schlepptau betritt Emma den
Frühstücksraum. Sofort fällt Lucas in mein Blickfeld und ich
drehe mich auf dem Absatz um.

„Stopp," ruft sie,
„wir gehen frühstücken."
Sie packt mir tonnenweise Rührei und Obstsalat auf´s Tablett
und dirigiert mich den Weg entlang.
„Setzen."
Wir stehen vor Lucas. Mit ausgestreckten Beinen sitzt er am
Tisch und isst sein Müsli. Ohne uns anzusehen zieht er die
Beine an, um uns Platz zu machen. Langsam stelle ich das
Tablett ab und setze mich ihm gegenüber.
„Hunger, Pia?" lächelt er mich an.
Ich seufze, als ich zu Emma sehe und esse eine Gabel voll.
„Heute Abend ist eine Party. Kommt ihr auch?" fragt uns
Lucas.
Ich reise meine Augen auf und sehe ihn mit vollen Backen an.
„Du willst dass wir auch zur Party kommen?"
Er zuckt mit den Schultern,
„warum nicht?"
Ich lege meine Gabel beiseite und lehne mich zurück,
„ich auch?"
„Ja du auch!" antwortet er und zeigt mit dem Löffel auf mich.
„Warum? Ich dachte dich stört meine Anwesenheit!"
„Mensch Pia, ich habe doch nur eine einfache Frage gestellt."
Genervt steht er auf und nimmt sein Tablett mit. Emma kann
darüber nur lächeln.
„Ich bin einfach verwirrt," verteidige ich mich.
„Lass ihn, wenn es ihn glücklich macht," grinst Emma und
zwinkert Lucas zu.
Augen rollend geht er davon.

Als wir auf die Party kommen, läuft sie bereits auf Hochtouren.
Viele der Partygäste sind bereits angeheitert. So auch Lucas.
„Piiaa," ruft er als er uns bemerkt und streckt mir ein Bier hin.
„Nein, danke," lehne ich ab.
Es ist unter der Woche und ich habe am Morgen einen Kurs.
Emma dennoch nimmt es dankend an. Ich beobachte Lucas.
Er genießt die Gesellschaft der Mädchen, die sich abwechselnd
zu ihm setzen.
„Los geh zu ihm," fordert Emma mich auf.
„Er hat sicher keine Lust auf meine Gesellschaft," rede ich
mich heraus.
„Er ist betrunken! Ich denke es ist ihm egal."
„Aber ich nicht!"
„Na dann wird es Zeit."
Sie hält mir eine Flasche vor's Gesicht. Seufzend sehe ich zu
Lucas, der mittlerweile eines der Mädchen im Arm hält.
„Das könntest du sein," wackelt Emma mit der Flasche.
Ich lasse mich überreden und versuche die Flasche auf Ex leer
zu trinken. Sofort spüre ich wie mir das Bier in den Kopf steigt.
„Jetzt geh rüber," fordert Emma erneut auf und zieht Tyler auf
die Tanzfläche.

Aus den Boxen ertönt das Lied
Summer dreaming
von Kate Yanai

Come on have some Fun
Dancin' in the morning Sun
What i'm Feeling
It's never been so easy

Ich lasse mich von ihr leiten und gehe ebenfalls auf die
Tanzfläche

When i'm Dreaming
Summer Dreaming
When your're with me

Lucas beobachtet mich, das Mädchen signalisiert dass sie tanzen will und ehe ich es recht bemerke, stehen die beiden neben mir und tanzen ebenfalls. Im Rausch der Musik drücke ich mich zwischen die beiden und lege meine Arme um Lucas. Er sieht mich grinsend mit gesenkten Blick an, lässt es aber zu. „Hey" protestiert das Mädchen, es ist mir egal, ich tanze mit Lucas. Wütend stampft sie davon. Ich nehme Lucas an die Hand und ziehe ihn Richtung Küche, nehme Zwei Bier und weiter Richtung Terrasse. Drücke ihm die Flasche in die Hand und setze mich auf die Treppe. Wortlos setzt er sich daneben. Schweigend sitzen wir nebeneinander und trinken die Flasche aus. Nervös rubbelt er am Etikett.

„Was willst du Pia?" fragt er leise.

„Weißt du dass den nicht inzwischen?"

Das Bier zeigt seine Wirkung, denn es ist mir egal was er davon hält.

„Ja! Und genau dass ist das Problem!"

„Was? Dass du es weißt oder das was ich will?"

„Beides, Pia!"

„Was denkst du denn was ich will?"

Er atmet schwer,

„du hast es gezeichnet."

„Oh, pfff, ich habe so viel gezeichnet," gebe ich zur Antwort und winke mit der Hand ab.

„Hhhmm," lacht er.

Ich rutsche näher an ihn heran. Lege meine Arme um seinen Hals, meine Stirn auf seine.

„Frag mich nochmal was ich will?"

Er schließt die Augen, atmet erneut schwer.

„Was willst du, Pia?"

Meine Lippen berühren seine, zaghaft gebe ich ihm einen

Kuss. Er erwidert meinen Kuss. In meinem Bauch schlüpfen
Tausend Schmetterlinge..
Lucas löst sich aus meiner Umarmung.
„Nein Pia, ich bin mit Tess zusammen."
Er steht auf,
„tut mir Leid,"
und geht hinein.
In meinem Bauch sterben Tausend Schmetterlinge...

Kapitel 4
Weil es ihn Glücklich macht

Ich habe Emma nie von dem Kuss erzählt. Genaugenommen habe ich nie wieder über diese Party gesprochen. Ich habe Emma erzählt ich könne mich nicht an Details erinnern.
„Zuviel Bier," nehme ich als Ausrede und sie lässt es dabei.
Zwei Tage nach der Party wollte Lucas mit mir darüber reden.
„Pia, wegen dem was auf der Party war," sprach er mich an.
„Lass uns bitte nie wieder darüber sprechen, Lucas," bat ich ihn.
„Vergessen wir was passiert ist, oder was ich gesagt habe."
Ich lies ihn einfach stehen und auch Lucas sprach nie wieder davon. Unser Verhältnis ist jedoch seither noch angespannter als zuvor. Wenn er damals kaum mit mir sprach, kann er mich jetzt nicht mal mehr ansehen.
In unserem Kurs ,
Psychologie, Menschen und ihre Emotionen richtig einsetzen geht es momentan um Emotionen die uns glücklich machen.
„Scheiben sie ein Referat darüber, was sie glücklich macht und warum es sie glücklich macht," gebt uns der Professor zur Hausaufgabe.
„Pfff, echt jetzt?" stöhne ich laut.
Die Klasse dreht sich zu mir um.
„Und sie sind?" fragt mich der Professor.
„Pia Kenley," antworte ich errötet.
„So Ms. Kenley, sie finden also die Hausaufgabe schwachsinnig?"
„Äh nein Sir, ich finde das Thema, naja.."
Alle sehen mich an, mein Blick fällt auf Lucas.
„Langweilig," antwortet eine Mitstudentin,

„weil wir doch alle bereits wissen was Pia glücklich macht,"
lacht sie dabei.
„So? Ich weiß es nicht, Ms. Kenley."
Der Professor steht mittlerweile direkt vor mir.
„Waren sie denn nicht in der Kunstausstellung?" wird er
gefragt,
„Pia war die Künstlerin."
„Ahja," sagt er und ich erkenne dass er überlegt.
„Nun gut!"
Sein Blick fällt kurz auf Lucas,
„dann freut es mich sie kennen zu lernen Ms. Kenley. Trotz
alldem gibt es sicher noch etwas anderes wie Mr."
Er sieht zu Lucas,
„Fisher, Sir," antwortet dieser.
„Wie Mr. Fisher, das sie glücklich macht und darüber schreiben
sie ihr Referat."
Mein Kopf ist mittlerweile so Rot dass ich die Hitze im ganzen
Körper spüre.
„Danke, Klasse, bis nächste Woche," entlässt er uns.
Ich packe meine Tasche und stürme als erstes aus dem Raum.

Emma bekommt einen Lachanfall als ich ihr davon erzähle.
Wir sitzen auf der Wiese und genießen die Sonnenstrahlen.
„Oh Mann, da wäre ich gerne dabei gewesen."
„Hey Pia, was macht dich glücklich?"
höre ich jemanden hinter mir.
„Außer Lucas versteht sich!"
Ich drehe mich um und erkenne die Mädchen aus meinem
Kurs.
„Sehr witzig," strecke ich ihnen die Zunge heraus.
„Ich bin echt mal gespannt was ihn glücklich macht, nicht wahr

Mädels," lachen sie weiter.

„Oh das wird interessant," murmelt Emma und grinst vor sich hin.

Ich kann mir noch etwa Zwei Stunden den Spott der Mädchen anhören, bevor sie endlich gehen. Ich hätte auch gehen können, doch diesen Triumph wollte ich ihnen nicht gönnen.

„Na Lucas, was macht dich glücklich?"

flötet Emma als wir ihn beim Abendessen treffen.

„Bitte was?" sieht er sie verdutzt an.

„Sie meint das Referat," kläre ich ihn auf.

„Ja genau, DAS meine ich," gebt sie zurück.

Lucas sieht Emma streng an, Emma lächelt nur und lutscht an ihrem Löffel. Ich beobachte die beiden,

irgendetwas stimmt da nicht!

„Kann ich deinen Pudding haben?" fragt Lucas, Emma nachdem sie zugab satt zu sein.

„Wenn es dich glücklich macht."

Sie schiebt ihm den Pudding über den Tisch.

Ich ignoriere mal ihr grinsen und wende mich Lucas zu.

„Über was hältst du dein Referat?"

„Ja Lucas, erzähl uns was dich glücklich macht," mischt sich Emma ein.

Erneut erschleicht mich der Verdacht, dass die Zwei etwas vor mir verbergen.

„Über was schreibst du?" ignoriert Lucas, Emma´s Kommentar.

„Ich weiß es noch nicht," gebe ich zu.

„Schreib einfach über eine Sache die dich glücklich macht. Einen Song den du hörst, ein Buch das du liest,"

schlägt Emma vor.

Sie wendet sich an Lucas,
„ein Bild dass dir gefällt," und zuckt mit den Augenbrauen.
„Aua!" ruft sie,
„hast du gerade nach mir getreten?"
und sieht Lucas schmerzerfüllt an.
„Oh entschuldige, ich wollte nur mein Bein ausstrecken."
Was sollte dass jetzt wieder?

Das ganze Wochenende sitze ich über meinem Referat, mit
gemischten Gefühlen setze ich
Und das macht mich Glücklich
als Schlusssatz darunter.
Hoffentlich müssen wir es nicht öffentlich vortragen
denke ich und packe es in meine Tasche.
Natürlich müssen wir es nicht vortragen, wir sollen die Hefte
auf den Pult ablegen, bevor wir gehen.
„Schade," sagt Jessica aus meinem Kurs,
„ich hätte gerne deines gehört."
„Warum?" frage ich genervt,
„warum amüsiere ich euch so?"
Ohne meine Frage zu beantworten verlässt sie die Vorlesung.
Ich bin ja selbst Neugierig. Neugierig darüber was Lucas in
sein Referat schrieb.
Bestimmt eine Geschichte über Tess
denke ich, als ich ihn beobachte wie er das Heft auf den Pult
legt.
Die Woche darauf werten wir die Referate aus.
„Glücksemotionen, lösen viele Faktoren aus. Erinnern wir uns
daran, kommt sofort wieder dieses mollige Gefühl dass wir so
lieben," erklärt uns der Professor.
„Ich war überrascht was in euch diese Gefühle auslösen. Bei

einem sind es Hundewelpen, die einem bei negativen Gefühlen wieder glücklich machen, beim anderen ist es der Gedanke an die Großmutter und die Zeit die sie zusammen hatten. Bei manchen reicht auch nur eine Portion Chili-Cheese-Pommes um Glücksgefühle auszulösen."

Die Klasse raunt und ruft „Junior, Junior,"

„Danke, danke," verbeugt er sich.

Der Professor fährt fort.

„Nun gut meine Herrschaften. Ich werde keine Namen nennen, doch eine Geschichte hat mir besonders gefallen."

Er setzt sich an seinen Tisch und schlägt ein Heft auf.

„Ich werde euch einen Auszug vorlesen."

Er räuspert sich und beginnt,

„schon damals machte es mich glücklich einfach im Sand zu spielen. Heute spiele ich zwar nicht mehr im Sand, doch machen mich die Gedanken an diese Zeit heute noch glücklich."

Ich reiße meine Augen weit auf und rutsche auf meinen Stuhl hin und her.

„An eine Zeit ohne Wut und Frust, an eine Zeit in der wir über eine Kaugummiblase, die im Gesicht landete noch stundenlang lachen konnten. An eine Zeit ohne Stress und Eifersucht, in der wir in der Wiese lagen und uns Wolkenbilder ausdachten. An eine Zeit als wir Kinder waren und uns liebten, ohne Kummer und Rivalitäten, einfach weil wir Freunde waren."

Der Professor sieht auf und achtet auf unsere Reaktionen, ich achte auch auf die Reaktion, darauf wie Lucas reagiert.

„Auch heute machen mich verschiedene Sachen glücklich, doch nichts macht mich so glücklich wie im Sand zu spielen."

Der Professor schlägt das Heft zu. Stille in der Klasse.

„Die Frage ist nicht, wer so empfindet, sondern warum?"

fragt er die Klasse.

„Jemand eine Idee?"

Mehrere heben die Hand.

„Ja bitte," zeigt er auf einen Studenten.

„Die Zeit an die Kindheit macht ihn oder sie glücklich?!"

„Richtig, und warum?"

Immer noch achte ich auf Lucas´ Reaktion.

Es ist **nicht** mein Referat, doch denke ich es ist das von Lucas.

„In der Zeit als Kinder hatten wir alle keine Verpflichtungen, keine Wut, keine Eifersucht, kein Stress. Jedenfalls nicht so wie heute," fange ich an zu erzählen,

„wir waren einfach nur Kinder und konnten tun was uns Glücklich macht. Heute willst du zwar auch tun was dich glücklich macht, doch du schaffst es nicht wirklich."

Alle sehen mich an.

„Und deshalb macht es ihn glücklich an diese Zeit zu denken als das Leben noch Frei und unbeschwert war!"

Mein Blick fällt auf Lucas der mich ebenfalls fixiert,

„oder sie.." setze ich dran und schaue zum Professor.

„Mmmhh, genau," stimmt er mir zu,

„das habe ich auch gedacht als ich es gelesen habe."

Wieder sehe ich zu Lucas, sein Blick fixiert mich immer noch und jetzt bin ich mir sicher, es ist sein Referat.

Es macht ihn also Glücklich im Sand zu spielen,
denke ich und muss schmunzeln bevor ich mich schlafen lege.

Emma ist noch nicht nach Hause gekommen als ich einschlafe.

Emma

Ich befinde mich noch im Jungswohnheim und verabschiede
mich von Tyler. Als ich den Flur entlang laufe komme ich an
Lucas´ Zimmer vorbei, die Tür steht auf.
„Hallo," rufe ich leise und klopfe am Türrahmen.
Das Zimmer ist leer. Gerade als ich die Tür zuziehen will,
fällt mein Blick auf den Schreibtisch. Ich erkenne verschiedene
Foto´s an der Pinnwand darüber, Foto´s von Pia.
Auf dem Schreibtisch liegt ein Block mit Kritzeleien.
Die Neugierde treibt mich zum lesen.

Was mich glücklich macht
von Lucas Fisher
Es macht mich glücklich wenn sie mich anlächelt,
es macht mich glücklich wenn sie versucht in meiner Nähe
zu sein,
es macht mich glücklich an sie zu denken.
Es macht mich glücklich zu sehen wie sie mich beobachtet,
zu wissen dass ich sie glücklich mache.
Es macht mich glücklich zu wissen dass sie mich vermisst,
sie macht mich glücklich....

Wow denke ich,
der ist ja noch verrückter nach ihr wie sie nach ihm..
„Hey, wer bist du denn?"
Erschrocken drehe ich mich um,
„Ich bin Emma und wer bist du?"
„Maik, ich wohne hier."
„Oh Ok, ich wollte eigentlich zu Lucas."

„Äh Ja, der wohnt auch hier. Was machst du da?"

„Pia! Ist meine Mitbewohnerin!" zeige ich auf die Foto´s.

„Was ist DAS?" frage ich Maik.

„Oh ja ich nenne es den Pia-Schrein."

„Den Pia-Schrein?" wiederhole ich überrascht.

Maik lacht,

„ja, aber er hasst diesen Ausdruck. Schließlich hat er eine Freundin!"

Das Wort *Freundin* setzt er mit den Fingern in Anführungszeichen.

„Aber von Tess gibt es nur das Foto," und zeigt mir ein kleines Passbild dass am Laptop befestigt ist.

„Oje, und ich dachte Pia und ihre Zeichnungen sind schon peinlich."

Wir stehen beide Kopfschüttelnd vor den Foto´s.

„Ich gehe jetzt, sag ihm bitte nicht das ich dass gesehen habe!" zeige ich auf den Pia-Schrein.

„Mach ich," schließt Maik die Tür hinter mir.

Wieder bei Pia

Als ich aufwache ist Emma schon am gehen.

„Gehst du mir aus dem Weg?" frage ich traurig.

„Nein süße, wir treffen uns beim Frühstück," antwortet sie und schließt die Tür.

Ich sitze bereits beim Frühstück, alleine. Gerade als ich gehen wollte, betreten Emma und Lucas gemeinsam die Mensa.

„Schau da ist Pia," höre ich Emma sagen und Lucas schuckt sie von sich weg. Lachend setzt sie sich zu mir.

Fragend sehe ich sie an.

„Luuucccaaasss," flötet sie in seine Richtung,

„komm lass mich dich glücklich machen, setz dich zu uns,"

und schiebt den Stuhl neben mir nach hinten.
„Leck mich Emma," gibt Lucas zurück und läuft an uns vorbei.
„Sicher dass dich das glücklich macht?"
ruft sie ihm nach und kugelt sich vor lachen.
„Was soll das?" frage ich verwirrt.
Immer noch lachend winkt sie ab,
„ach nichts, ist einfach urkomisch."
„Ich hätte dir nichts von dem vorgelesenen Referat erzählen
sollen."
„Oh Pia glaube mir, Sand ist nicht das einzige was ihn
glücklich macht."

Am Wochenende fahre ich wieder nach Hause. Es regnet und
ich sitze im Café, schaue aus dem Fenster und beobachte die
Regentropfen. Hinten aus der Ecke höre ich Lachen.
Ich kenne dieses Lachen; versuche zu sehen wer genau mit ihr
dort sitzt. In der Ecke sitzen Tess und Jimmy. Er hält ihre Hand
und sie flirtet heftig mit ihm.
Was für eine Schlange
denke ich und stelle mich provokant vor sie.
„Hallo Pia," zieht Tess ihre Hand zurück.
„Hallo Tess, Jimmy! Weiß Lucas was du hier machst?"
„Lucas? Was geht es Lucas an was ich hier mache?"
„Ich denke dein Freund will wissen wenn du dich mit einem
anderen Jungen triffst."
Mit dem Finger tippe ich auf den Tisch.
„Freund?" fragt sie mich und sieht mich erstaunt an,
„hat er es dir nicht erzählt?"
„Nein, was denn?"
Ich schaue Jimmy fragend an.
„Er hat mit ihr Schluss gemacht."

„Er hat was??" rufe ich entsetzt.

„Schluss gemacht," betont Tess.

„Wann?"

„Vor vier Wochen, Pia."

„Vor Vier Wochen?" wiederhole ich.

„Ja vor Vier Wochen. Hörst du schlecht?"

„Wann genau?"

„Spielt das eine Rolle?"

„Ja Tess, wann genau?"

Meine Stimme klingt flehend.

„Am 20ten letzten Monat," atmet sie schwer.

Am 20ten letzten Monat, das war nach der Party.

„Ich dachte ihr wart glücklich?"

„Oh glaub mir Pia, ich mache ihn schon lange nicht mehr glücklich."

Lucas hatte mit Tess Schluss gemacht. Er hatte es mir nicht erzählt. Warum? Warum hatte er Schluss gemacht? Warum hatte er es mir nicht erzählt? Weiß Emma davon? Ist sie deshalb so eigenartig in letzter Zeit?

All diese Fragen stelle ich mir auf der Rückreise.

Lucas hat es mir nicht erzählt, also werde ich ihm auch nicht erzählen dass ich es weiß.

Am Bahnhof verpasse ich meinen Zug und muss eine Stunde auf den Nächsten warten. Ich schlendere durch den Drugstore, als mir ein Angebot ins Auge fällt.

Kindersandförmchenset

Ich lächle und gehe zur Kasse.

Hallo Lucas,
ich bin wieder da. Muss dir was zeigen. Kommst du bitte in
die Stadt. Arlington ecke Washingtonroad?
Ich warte dort auf dich,
Pia.
Ich drücke auf senden und setze mich auf die Bank.
Etwa eine halbe Stunde später setzt er sich neben mich.
„Was gibt es?"
Ich zeige nach vorne und er schaut auf den Spielplatz der sich
dort befindet.
Ich hebe die Sandformen hoch und laufe zum Sandkasten.
Lucas lächelt, folgt mir zum Sand.
Ich setze mich in den Sand und fange an zu *sandeln*.
Er steht immer noch vor dem Sandkasten und sieht mir dabei
zu. Ich strecke ihm eine Form in die Höhe,
„willst du mitmachen?"

Kapitel 5
Das Missverständnis

Emma

Ich amüsiere mich köstlich. Zu sehen, wie Lucas und Pia aneinander vorbei leben, wie sie sich lieben und doch nicht zusammen finden. Mittlerweile konnte ich es nicht mehr für mich behalten und habe Lucas erzählt, dass ich von seinem Pia-Schrein bescheid weiß. Sein Gesichtsausdruck war herrlich. Die Angst dass ich es Pia erzähle, stand ihm ins Gesicht geschrieben. Natürlich habe ich ihm versprochen es nicht zu tun. Es wäre auch zu einfach und der Spaß hätte ein Ende.

„Ich werde es ihr sagen, wenn ich den Richtigen Moment finde," gab er mir zu verstehen.

„Wann genau ist für dich der richtige Moment?" lachte ich ihn aus.

„Er wird nie den richtigen Moment finden," stimmte Maik mir zu.

Gemeinsam haben wir es uns zur Aufgabe gemacht Lucas bei jeder Gelegenheit damit aufzuziehen. Es ist so einfach ihn damit aufzuziehen. Wie er vor Pia den harten spielt, der ihr nicht verzeihen kann, was sie gesagt hat. Dem es peinlich war als sie ihm ins Gesicht sagte, dass sie wüsste er habe ihr Bild geklaut, dass er sich tierisch freute, als sie es ihm schenkte, wie sehr es ihm Spaß machte, als sie ihm mit den Sandformen überraschte.

Ach es wäre so einfach Pia alles zu erzählen und diesem Elend ein Ende zu bereiten.

Doch wo bliebe da der Spaß....

Wieder bei Pia

Emma verhält sich immer merkwürdiger. Sie lacht am laufenden Band, lässt zweideutige Bemerkungen fallen und schweigt wenn ich sie darauf anspreche. Mir fällt auf dass das Knutschfoto von ihr und Tyler nicht mehr über dem Bett hängt.
„Tyler ist Geschichte," erklärt sie mir als ich sie darauf anspreche.
„Wir passen einfach nicht zusammen."
Lucas verhält sich ebenfalls merkwürdig.
„Emma du hast es versprochen," höre ich ihn zu ihr sagen, als sie zusammen am Esstisch sitzen.
„Ich will nicht das sie es weiß."
„Ja ja aber irgendwann bekommt sie es heraus, und dann?"
Beide hören abrupt auf zu reden als ich mich dazu setze.
„Ihr könnt ruhig weiter sprechen," sage ich.
„Ach wir plaudern nur über unwichtiges," meint Emma und grinst ihn an.
Lucas kann mir nicht in die Augen schauen. Ständig ertappe ich die beiden beim tuscheln und wenn sie mich bemerken, dann schweigen sie.
„Wo gehst du hin?" frage ich Emma als sie beim Fünften Mal auf die Uhr schauen ihre Jacke anzieht.
„Ich, äh, geh noch mal kurz raus."
Bevor ich etwas sagen kann, hat sie auch schon die Tür zugezogen.
Ich sehe aus dem Fenster, Emma betritt das Jungswohnheim. Ein eigenartiges Gefühl macht sich in mir Breit.

Am nächsten Morgen stehe ich im Videoraum und warte auf Tyler.
„Hi Pia, du suchst mich?"

74

„Tyler sag mir bitte warum habt ihr euch getrennt, du und Emma?"
Tyler sieht mich skeptisch an,
„warum willst du das wissen?"
„Bitte Tyler es ist wichtig!"
Er kratzt sich am Kopf und sucht etwas in einer Ersatzteilekiste.
„Sie hat gesagt, sie hat sich in einen anderen verliebt."
Mit großen Augen sehe ich ihn an.
„Ich war ihr wohl doch etwas zu nerdig," lacht Tyler.
„Weißt du, wen sie meint?"
„Äh nein," antwortet er und dreht sich zum Lötkolben um.
„Aber Peter,"
er zeigt auf einen Jungen bei uns im Raum,
„hat sie neulich aus Zimmer 5574 kommen sehen."
Peter nickt.
„Ich weiß nicht wie der heißt, der dort wohnt, ist mir auch egal, verstehst du?"
„Ja verstehe. Danke Tyler."
Tyler weiß nicht wer im Zimmer 5574 wohnt, aber ich.
Lucas!!

Seit einer Stunde sitze ich im Computerraum und wähle zum X-ten Mal eine Skype Nummer.
„Was denn?"
Endlich. Tess nimmt meinen Anruf an.
„Ich muss mir dir reden."
„Ja das denke ich, sooft wie du angerufen hast."
Sie signalisiert mir ich solle weiter reden.
„Tess bitte sei ehrlich," flehe ich sie an.
„Warum hat Lucas Schluss gemacht?"

„Ernsthaft? Ich dachte das wüsstest du inzwischen?"
„Nein sonst würde ich dich nicht fragen!"
„Du bist also nicht mit ihm zusammen?" fragt sie mich
überrascht.
Ich schüttle meinen Kopf.
„Ok, ich hätte wetten können er meine dich damit,"
antwortet Tess erstaunt.
„Womit Tess?"
„Der Grund für die Trennung."
„Tess!!" ermahne ich sie,
„was war der Grund?"
„Er sagte er hätte sich in eine andere verliebt und könne seine
Gefühle für sie nicht mehr länger verleugnen."
Entsetzt sehe ich sie an.
„Du wusstest es wirklich nicht," meint Tess als sie mich so
sieht.
Ich verneine.
„Sonst noch was?"
„Nein danke Tess."
Sie unterbricht den Anruf und ich starre auf ein blaues Fenster.
Emma schleicht sich wieder aus unserem Zimmer, als ich
duschen bin. Tess´ Worte gehen mir nicht mehr aus dem Kopf.
Mich erschleicht wieder ein ungutes Gefühl. Ich ziehe mich an
und gehe in das Jungswohnheim, stehe vor Zimmer 5574 und
lausche..

Well i Found a Girl beautyful and Sweet
I never know you were the someone
waiting for me..

höre ich ihn auf der Gitarre spielen.
„Oh das Lied liebe ich, es ist *Perfect,*" scherzt Emma.
„Ja aber bist du sicher das dies *unser Lied* ist. Passt es
überhaupt zu uns?" ergänzt Lucas.
„Natürlich, es ist mein Lieblingslied."
Mit Tränen in den Augen renne ich den Flur entlang.

„Wo warst du?" frage ich Emma als sie sich ins Zimmer
schleicht.
„Ich war noch im Pup," lügt sie mich an.
Mit erneuten Tränen im Gesicht drehe ich mich weg und
schlafe ein.
Ich stehe vor Emma auf und bin schon geduscht als sie den
Waschraum betritt.
„Morgen Pia, hast du etwas?"
Wütend werfe ich meine Bürste in das Becken.
„Sag du es mir!"

„Was ist denn los?" fragt sie mich und sieht mich dabei mitleidig an.

Ich stampfe fluchend aus dem Waschraum. Auch Lucas tut so als wäre alles in Ordnung.

„Na Pia, was steht bei dir dieses Wochenende an?" setzt er sich im Kurs neben mich.

Böse sehe ich ihn an und setze mich weg.

„Keine Ahnung, sie ist schon seit ein paar Tagen so drauf," höre ich Emma zu Lucas sagen. Ich sehe die beiden enttäuscht an. Nicht nur dass sie ihre Beziehung verheimlichen, nein. Sie tun auch noch scheinheilig.

„Was ist dein Problem,"werde ich von Emma gefragt.

„Warum hast du dich wirklich von Tyler getrennt?"

Emma wird nervös als ich ihr diese Frage stelle.

„Was hat er dir erzählt?"

„Du hast dich neu verliebt!"

Sie seufzt,

„Ja er hat recht!"

„Willst du mir sagen wer es ist?"

Sie weicht meinem Blick aus,

„ich kann nicht!"

„Warum nicht?" frage ich wütend.

„Er möchte nicht das es jemand erfährt," gibt sie zu.

Ich lache laut auf und schüttle den Kopf,

„ich dachte wir wären Freunde," und lasse sie stehen.

„Pia kommst du auch zur Karaokeparty, ich will dir dort etwas sagen?" werde ich von Lucas gefragt.

Ich ignoriere ihn und er setzt sich neben mich.

„Pia?"

„Was?" fauche ich ihm an.

„Sag mir bitte was los ist?"
Ich lege meinen Stift beiseite und lehne mich zurück.
„Wie geht es eigentlich Tess?" frage ich und sehe ihn
Erwartungsvoll an.
„Wir haben uns getrennt, vor Drei Monaten schon," muss er
zugeben.
„Hmmh, ich weiß."
Er sieht mich überrascht an.
„Du weißt es?"
„Ja sie sagte du hast dich neu verliebt und ich weiß auch in
wen!"
„Du weißt es?" reißt er seine Augen weit auf.
„Tu nicht so verwundert, ich bin doch nicht bescheuert."
„Ich dachte es würde dich freuen?" lacht er mich an.
„Mich freuen?"
Ich beuge mich nach vorne,
„was sollte mich daran freuen?"
Lucas zieht die Brauen zusammen.
„Ich weiß nicht was du meinst?"
„Was sollte mich daran freuen wenn du und Emma.."
Ich versuche meine Tränen zurückzuhalten.
„Ich und Emma?" verdutzt sieht er mich an.
„Wenn du dich rächen willst für das was ich auf dem Schulball
getan habe, dann Herzlichen Glückwunsch, es ist dir
gelungen."
Jetzt laufen doch die Tränen.
„Pia, ich.." versucht er meine Hand zu nehmen.
„Nein, Lucas! Ist ok, lass mich einfach," stehe ich auf und lasse
ihn sitzen.

„Was machst du da?" fragt mich Emma als sie ins Zimmer kommt.

„Ich packe!"

„Warum?"

„Ich ziehe um, bei Vanessa ist ein Platz frei geworden."

„Pia, was soll das?"

Wütend schließe ich meinen Koffer.

„Nein ich kann nicht länger hier bleiben, nicht nach dem ich weiß was du getan hast."

„Was habe ich denn getan?"

„Frag doch nicht so scheinheilig," schreie ich sie an.

Reiße die Tür auf und renne Lucas in die Arme.

„Pia!"

„Lasst mich in Ruhe und werdet glücklich," schreie ich weiter.

Emma sieht Lucas verwirrt an.

„Was denkt sie?"

höre ich Emma rufen als ich die Treppen hinunter stürme.

Mir gelingt es recht gut, den Beiden aus dem Weg zu gehen. Mehrfach versuchen sie dennoch mit mir zu sprechen, doch ich blocke ab.

„Ich habe keine Lust auf eure Erklärungen," gebe ich zu verstehen.

Im Musikraum wird fleißig für die Karaokeparty geübt.

Der eine braucht mehr , der andere weniger Übung.

I found a Love for me
Darlin just dive right in
and follow my lead

höre ich aus dem Saal. Ich linse hinein und lausche.
Lucas sitzt auf einem Hocker und spielt dazu Gitarre.

Well i found a Girl
beautyful and Sweet

Er hört auf und blättert in den Noten.
„Pia!"
Erschrocken drehe ich mich um.
„Emma, kommst du um dein Lied zu hören?"
„Mein Lied?"
„Ja, du liebst es doch, es ist Perfect..!"

Sie schüttelt den Kopf,
„deine Eifersucht macht dich echt Blind."
„Lass mich einfach in Ruhe!"
Enttäuscht laufe ich zum Ausgang.

Jetzt scheine ich es wohl endgültig geschafft zu haben, egal
wann und wo ich den Beiden über den Weg laufe, werde ich
ignoriert.
Sie haben es endlich verstanden!!
„Hallo du bist Pia, nicht wahr?"
Ich blicke auf und schaue in ein fremdes Gesicht. Ich habe ihn
zwar schon ein paarmal gesehen aber noch nie mit ihm
gesprochen.
„Und du bist?"
„Ich bin Maik, Lucas´ Mitbewohner."
Genervt stehe ich auf und will gehen.
„Warte doch Pia!?"
„Du kannst Lucas sagen, auch diese Variante funktioniert
nicht."
„Er weiß nicht dass ich mit dir rede,"
steht er auf und läuft mir nach.
„Ich will nur kurz mit dir reden."
„Warum Maik?" bleibe ich stehen.
„Weil ich diesen dämlichen Song nicht mehr hören kann,"
hält er sich die Ohren zu.
„Welchen Song?" frage ich und setze mich.
„Ed Sheeran, Perfect, versteh mich nicht falsch. Der Song ist
klasse, wenn man ihn nicht 500 Mal hören muss,"
setzt er sich ebenfalls,
„hintereinander."

Maik hält sich die Hände vor die Ohren,
„ich höre ihn immer noch, er läuft auf und ab..!"
„Was willst du mir damit sagen?"
„Rede wieder mit ihm, damit es aufhört."
Stirnrunzelnd sehe ich ihn an.
„Bitte Pia, ich ertrage diesen Song keinen weiteren Tag."
Maik steht auf,
„ich komme mir schon vor wie zu Hause, als meine Schwester
Liebeskummer hatte."
„Willst du sagen, Lucas hat Liebeskummer?"
frage ich mit hoher Stimme.
Maik beugt sich zu mir hinunter,
„warum sollte er sonst diesen Song den ganzen Tag laufen
lassen?"
„Wegen mir hat er Kummer?"
Maik nickt.
„Er erzählte mir, du redest wieder nichts mit ihm weil du etwas
falsch verstanden hast."
„Ich dachte er und Emma sind zusammen?"
„Emma Brown?"
„Ja!"
„Deine Mitbewohnerin?"
„Ehemalige Mitbewohnerin, ich bin umgezogen!"
Maik setzt sich wieder,
„warum umgezogen?"
„Weil die beiden hinter meinem Rücken Bumsen,"
flüstere ich.
Maik lacht,
„wie kommst du darauf?"
„Ich habe sie gehört. Ich wollte zu Lucas und da habe ich die
Beiden gehört."

Maik lacht lauter,

„Woher weißt du dass es Lucas und Emma waren?"

„Ich sah sie aus dem Zimmer kommen."

Maik lacht immer noch.

„Warum lachst du?" will ich wissen.

„Lucas wohnt nicht alleine in dem Zimmer,"
beugt er sich zu mir,

„ich wohne auch dort."

„Äh was?" frage ich verdutzt.

„Ich habe mit Emma geschlafen!"

„Was??"

Maik nickt,

„Emma ist meine Freundin."

„Duuu?!? bist Emma's geheimer Freund?"
zeige ich mit dem Finger auf ihn.

„Warum die Geheimhaltung?"

Er zuckt mit den Schultern.

„Soll das heißen, Lucas hat nicht wegen Emma mit Tess
Schluss gemacht?"

„Komm mit, ich will dir was zeigen," fordert Maik mich auf.

Ich folge ihm in das Jungswohnheim bis vor sein Zimmer.

„Keine Sorge, weder Lucas noch Emma sind hier."

Er öffnet und führt mich an Lucas' Schreibtisch.

„E Voilà, der Pia-Schrein!"

Total verwundert stehe ich vor den Foto's. Ich sehe mich um,
neben dem Bett hängen meine Zeichnungen von Lucas, die ich
ihm geschenkt hatte und auf seinem Nachtisch liegt unser
Freundschaftsstein

Kapitel 6
Vermisst

Was Maik mir klar machte, traf mich wie ein Schlag. Erst jetzt
wird mir bewusst, was die Zwei versuchten mir zu sagen.
Emma hatte recht, meine Eifersucht machte mich Blind.
„Seit der Kunstausstellung kommt in jedem Zweiten Satz
Pia drin vor," erklärte mir Maik.
„Zuerst regte er sich darüber auf. Aber nach und nach merkte
ich dass seine Gefühle doch anders waren wie er behauptete."
Ich konnte es nicht glauben.
„Sieh dich doch um, Pia," sagte er.
Ich sah mich um, nie war mir etwas so peinlich wie mein
Verhalten in der letzten Zeit.
„Geh zur Karaokeparty, Pia!"
meinte Maik und gab mir einen Flyer mit.
Jetzt sitze ich in der Aula und warte auf Lucas´ Song.
Ich entdecke Emma, die hastig hinter die Bühne eilt.
Ich folge ihr, bleibe aber vor dem Vorhang stehen.
Sie steht bei Lucas und redet ihm Mut zu. Er scheint
Lampenfieber zu haben. Er ist gleich dran, ich setze mich in
die erste Reihe. Der Scheinwerfer ist auf ihn gerichtet, als die
Melodie beginnt und er mit der Gitarre dazu spielt.
Sein Blick fällt auf mich und ich sehe es ihm an, dass meine
Anwesenheit ihn noch nervöser macht.

I found a love for me
Oh darling, just dive right in and follow my lead
Well, I found a girl, beautiful and sweet
Oh, I never knew you were the someone waiting for me
'Cause we were just kids when we fell in love
Not knowing what it was
I will not give you up this time
But darling, just kiss me slow, your heart is all I own
And in your eyes, you're holding mine
Baby, I'm dancing in the dark with you between my arms
Barefoot on the grass, listening to our favourite song
When you said you looked a mess, I whispered underneath my breath
But you heard it, darling, you look perfect tonight

Die ganze Zeit ruht sein Blick auf mir, teilweise schließt er seine Augen. Beim öffnen sieht er mich wieder an.

We are still kids, but we're so in love
Fighting against all odds
I know we'll be alright this time
Darling, just hold my hand
Be my girl, I'll be your man
I see my future in your eyes
Baby, I'm dancing in the dark, with you between my arms
Barefoot on the grass, listening to our favorite song
When I saw you in that dress, looking so beautiful
I don't deserve this, darling, you look perfect tonight

Der Song endet, Lucas steht auf, die Studenten jubeln, ich sitze auf meinem Stuhl und starre zu ihm nach oben.
Erneut fällt sein Blick auf mich, bevor er die Bühne verlässt.
Lucas war der letzte Teilnehmer. Die Aula leert sich.
Immer noch sitze ich in der ersten Reihe und starre auf die Bühne. Der Song läuft in meinen Ohren.
„Ich hoffe dass war das letzte Mal, dass ich diesen Song hören musste," setzt sich Maik neben mich.
„Seit ich Sechzehn bin wünsche ich mir dass Lucas mich liebt," gebe ich zu.
„Mir war es nie bewusst, aber ich hasste Tess weil sie seine Freundin war."
Maik nickt,
„und jetzt?" sieht er mich fragend an.
„Habe ich es verbockt!"
Ich stehe auf und verlasse die Aula.

Er redet immer noch nichts mit mir. Mehrere SMSen habe ich ihm geschickt, doch er antwortet nicht.
Ich klopfe an seine Tür, als Emma mir öffnet.
„Hallo Pia."
„Ist Lucas da?"
„Nein."
„Kann ich hier warten?" bitte ich sie,
Emma lässt mich herein.
„Sicher, aber ich weiß nicht wann er kommt."
„Wo ist Maik?" frage ich, als ich sehe dass niemand im Zimmer ist.
„Duschen," sagt sie ohne mich weiter zu beachten.
Ich setze mich auf Lucas´ Bett und mir fällt auf dass die Zeichnungen nicht mehr neben dem Bett hängen.

Auch die Foto´s am Schreibtisch sind verschwunden.
„Wo ist der Pia-Schrein?" frage ich Maik als er das Zimmer
betritt.
„Hallo Pia!"
„Sie will auf Lucas warten," erklärt Emma meine Anwesenheit.
„Oh das könnte aber ein Weilchen dauern,"
meint Maik und zieht sich ein frisches Shirt an.
„Wieso, wo ist er?" frage ich neugierig.
„Er hat ein Date, Pia!"
Maik sieht mich mitleidig an.
„Na dann," stehe ich auf,
„werde ich nicht länger stören."

Am nächsten Morgen treffe ich Lucas in der Mensa. Er isst
zögernd sein Müsli als ich mich zu ihm setze.
„Das war ein schöner Song auf der Party,"
versuche ich ein Gespräch anzufangen.
Er nickt nur und isst weiter.
„War der für mich?"
Lucas hört auf zu essen und lehnt sich zurück, sieht mich
schweigend an.
„Wie war dein Date?" frage ich weiter.
Er atmet schwer.
„Habe ich dir schon gesagt dass es mir leid tut?"
versuche ich weiter dass er mit mir spricht.
„So etwa Dreißig SMSen lang."
„Hey du sprichst ja doch mit mir," lache ich.
Doch Lucas findet es nicht zum Lachen.
„Herrscht jetzt wieder Funkstille?"
frage ich den Tränen nahe.
Mit verschränkten Armen sieht er mich an.

„Ok, verstehe," sage ich und stehe auf.

„Du hättest ja auch was sagen können," werfe ich ihm vor.

„Tzzz," schüttelt er seinen Kopf,

„Emma und ich wollten es dir erklären. Aber du hast uns nicht ausreden lassen."

„Ich meinte früher, vor der Verwechslung."

Er zieht die Brauen nach oben.

„an wann genau dachtest du denn, Pia?"

„Na zum Beispiel als du mit Tess Schluss gemacht hast, weil du dich in mich verliebt hast," meine ich mit hoher Stimme.

Sein Bein fängt an zu wippen.

„Wie kommst du darauf, das ich deshalb Schluss gemacht habe?"

„Sie hat es mir erzählt!"

Ich setze mich wieder. Immer noch mit verschränkten Armen sitzt er mir gegenüber.

„Wortwörtlich?" fragt er.

„Naja sie sagte du hättest dich in eine andere verliebt."

Erneut wippt sein Bein,

„und du dachtest gleich an dich?"

„Nein ich dachte an Emma, daher die Verwechslung."

Ich erkenne ein Lächeln unter seiner ernsten Miene.

„Und wie kommst du jetzt auf den Gedanken ich könnte dich gemeint haben?"

„Hast du das etwa nicht?" stelle ich als Gegenfrage.

„Beantworten sie bitte nur meine Frage, Ms. Kenley?" höre ich von Lucas der sich mit verschränkten Armen nach vorne beugt.

„Ich habe den Pia-Schrein gesehen!" gestehe ich.

„Maik!!!" schüttelt er seinen Kopf.

„Also?" frage ich vorsichtig,
„hast du mich gemeint?"
„Weißt du das denn nicht schon?" stellt er als Gegenfrage.
„Beantworten sie bitte nur meine Frage, Mr. Fisher!"
beuge ich mich nach vorne.
Lucas lacht und steht auf, beugt sich zu mir hinunter und küsst
meine Wange. Zwinkernd läuft er aus der Mensa.
Überglücklich hüpfe ich durch die Uni.
„Hallo Emma," empfange ich sie im Kurs.
„Hallo Pia, so gute Laune?"
„Ja, ich habe mit Lucas geredet."
„Aha!"
„Er sagte er liebt mich."
Sie sieht mich überrascht an,
„sicher?"
„Warum fragst du so komisch?"
Sie zeigt auf den Ausgang und ich sehe Lucas händchenhaltend
mit Amy in den Kurs laufen.
„Sie haben was miteinander seit der Karaokeparty."
Enttäuscht mache ich mich auf den Weg in mein Zimmer.
Was Lucas kann, das kann ich auch.
Voller Liebeskummer lege ich mich auf das Bett und schalte
meinen CD-Player an.

It's been seven Hours and
fivteen Days
since you took your Love away

singt Sinead O´Connor für mich.

Nach der Fünften Wiederholung schmeißt Vanessa mir einen
Kopfhörer entgegen.
„Bitte Pia, ich kann es nicht mehr hören."
Ich nehme die Kopfhörer und schalte auf volle Lautstärke.

I got out everynight and sleep
all Day since you took your
Love away

„Piaaa," höre ich Vanessa schreien.
Verheult sehe ich sie an und nehme den Kopfhörer ab.
„Schon gut Pia, ich gehe."

Vanessa

Ich renne einen Stock höher, und klopfe an eine Tür.
Emma öffnet,
„Hallo Emma lass uns reden!" stürme ich hinein,
„du musst sie wieder hier einziehen lassen!"
„Hallo Vanessa, komm doch herein, was gibt's denn?"
Emma's sarkastischen Ton lässt mich nur mit den Augen
rollen.
„Emma ernsthaft, Pia liegt auf dem Bett und hört seit Vier
Stunden Sinead O´Connor in der Dauerschleife."
Emma lacht.
„Das ist nicht witzig, ich halte es nicht mehr aus."
Ich klinge verzweifelt.
„Doch ist es, vor nicht mal Drei Wochen erzählte mir Maik,
Lucas hört Ed Sheeran in der Dauerschleife."
Jetzt muss auch ich lachen.
Emma zieht ihre Jacke an und öffnet die Tür,
„komm ich rede mit ihr!"
Dankend folge ich ihr nach unten.

Wieder bei Pia

„Hey," rüttelt mich Emma an den Schultern.
Als ich sie sehe, falle ich ihr um den Hals und heule ihr die
Bluse voll.
„Komm wir ziehen wieder um."
Ich nicke und Emma hilft mir beim packen.

Wieder in meinem alten Zimmer umarme ich Emma erneut.

„Es tut mir leid," schluchze ich.

„Ja das weiß ich doch."

Gerade als ich die CD wieder einlegen will, werde ich von Emma aufgehalten.

„Oh nein, wir lassen das!"

Seufzend setze ich mich auf das Bett.

„Wie kam es dazu?" frage ich und nehme ein Kissen auf den Bauch.

„Wie kam was dazu?" fragt Emma und setzt sich neben mich.

„Lucas und Amy?"

„Hmmh," höre ich sie seufzen,

„du hast uns ziemlich deutlich klar gemacht, dass wir dich, ich zitiere, am Arsch lecken können!"

Oh je ich erinnere mich..

„Und nach der Karaokeparty hat Maik, Lucas klar gemacht, wenn er diesen Song noch einmal hören muss, schmeißt er ihn aus dem Zimmer."

Ich muss lächeln.

„Also sind wir in den Pup gegangen und Lucas hat sich Voll laufen lassen."

Ich sehe Emma entsetzt an.

„Amy hat die Sache ausgenutzt und bevor ich es verhindern konnte, knutschten sie auch schon herum."

Ich lasse mich nach Hinten fallen.

„Es führte eins zum anderen, und naja..!"

Emma sieht mich an und lässt sich auch nach hinten fallen.

„Tut mir Leid, süße!"

„Ich bin selbst schuld, Emma ich bin selbst schuld."

Ich drehe mich zu ihr,

„kannst du mir verzeihen? Sind wir wieder Freunde?"

„Hey," nimmt sie meine Hand,
„du bist doch wieder hier eingezogen."
Dankend drücke ich ihre Hand ganz fest.
„Also?" frage ich,
„Maik?"
Emma wird Rot.
„Ich will alles wissen..!"

Amy klebt an Lucas wie die Made am Speck, wo du ihn siehst,
siehst du auch Amy. Sie wartet nach dem Kurs auf ihn, haltet
ihm einen Platz im Essensraum frei, und erwartet ihn vor
seinem Zimmer wenn er kommt.
„Ich finde das schon etwas zu aufdringlich,"
meint Emma zu mir.
Ich kann darüber nur Lachen.
„Ich gebe den beiden noch Zwei Wochen."
„Und dann?"
„Dann hat Lucas die Schnauze voll!"
„Du bist dir dieser Sache ziemlich sicher?" fragt mich Emma.
„Ja," nicke ich,
„glaub mir, er hasst Klammeräffchen."
„Klammeräffchen," lacht Emma,
„perfekte Wortwahl," klatscht sie mich ab.

Und ich hatte Recht, keine Zwei Wochen später, erzählt er
Maik, dass er sich eingeengt fühlt.
„Ich drehe mich um, sie steht da! Ich gehe ins Pup, sie kommt
nach! Noch nicht mal im Waschraum habe ich meine Ruhe, sie
schickt eine SMS *warte draußen auf dich,*" beschwert er sich.
„Na da bin ich mal gespannt, ob er heute Ausgang bekommt,"
scherze ich.

95

Wir habe uns im Pup verabredet. Emma, Maik und ich sitzen schon eine Stunde, doch Lucas ist noch nicht da.

„Er geht nicht ran," meint Maik der ihn schon mehrfach angerufen hat.

Wir verbringen den Abend ohne ihn. Am nächsten Morgen nehme ich mir vor ihn aufzuziehen. Ihn zu *necken* über die Fesseln, die Amy ihm angelegt hat. Emma möchte mich tatkräftig unterstützen. Doch wir haben Pech. Wir treffen ihn nicht im Frühstücksraum.

„Er entkommt uns nicht. Früher oder später ist er fällig," lachen Emma und ich.

Wir warten im Kurs auf Lucas. Vergeblich. Auch hier sehen wir ihn nicht.

„Er wird es wohl erahnen und sich verstecken," scherzen wir weiter.

Lachend klopfen wir an sein Zimmer. Maik öffnet uns.

„Wo ist der Pantoffelheld?"

Ich hebe meinen Kopf in das Zimmer.

„Keine Ahnung," kratzt sich Maik am Kopf,

„ich habe ihn heute noch nicht gesehen," und zeigt auf sein Bett,

„er hat auch nicht hier übernachtet."

„UUUhhhh," grölen wir,

„Lucas du schlimmer Junge!!"

„Er hat bei Amy übernachtet?"

Meine Eifersucht steigt wieder in mir auf.

„Schätzungsweise," zuckt Maik die Schultern.

„Na dann, auf zu Amy," hakt sich Emma bei mir ein und zieht mich Richtung Treppe.

„Hallo Amy," grinsen wir als sie die Tür öffnet.

„Was gibt's?"

„Luuucaass," rufen wir ins Zimmer.

„Er ist nicht hier!"

Erstaunt sehen wir Amy an.

„Er hat gestern zu viel gefeiert und heute einen Kater."

„Wart ihr feiern?" frage ich überrascht,

da er ja eigentlich mit uns kommen wollte.

„Nein er wollte mit Maik feiern."

„Aha," gibt Emma von sich,

„hast du ihn heute schon gesehen?"

„Nein ich sagte doch, er hat einen Kater und wollte lieber im Bett bleiben."

„Wann hast du ihn das letzte mal gesehen?" frage ich nervös.

„Was soll die Fragerei?"

Amy wirkt skeptisch.

„Äh, wir waren gestern im Pup, mit Maik, und Lucas hat uns versetzt," klärt Emma sie auf.

„Wir suchen ihn den ganzen Tag! Er liegt nicht im Bett. Er lag die ganze Nacht nicht im Bett!" gestehe ich Amy.

Jetzt wirkt auch Amy nervös.

„Gestern Nachmittag, er sagte, er wolle mit Maik was unternehmen," beantwortet sie unsere Frage mit gesenktem Kopf.

„Aber ich habe mit ihm telefoniert," reißt sie die Augen auf, „heute Morgen. Da sagte er, er wolle im Bett bleiben."

Ich zücke mein Handy und wähle seine Nummer.

„Lucas rufe mich bitte zurück," spreche ich auf die Mailbox.

„Sag uns bescheid wenn er sich bei dir meldet," bitte ich Amy und wir gehen zurück zu Maik.

Mehrfach versuchen wir ihn nochmals anzurufen,

ohne Erfolg.

„Rufe mich bitte an wenn er nach Hause kommt," bitte ich Maik und mit gemischten Gefühlen gehe ich auf mein Zimmer.

„Was ist wenn ihm etwas passiert ist?"

Ich kann nicht schlafen, Emma versucht mich zu beruhigen.

Lucas wo bist du? Bitte melde dich!

Schicke ich ihm die 5. SMS.

Er antwortet nicht.

„Ok, ja mache ich," telefoniert Emma mit Maik.

„Und ist er auf dem Zimmer?" frage ich nervös.

Emma schüttelt nur den Kopf.

„Maik hat jedem gesagt, falls sie Lucas sehen, sollen sie sich bei ihm melden."

Die Müdigkeit übermannt mich und ich schlafe doch ein.

Lucas

denke ich als ich aufwache und schaue auf mein Handy.

Keine Nachrichten.

Voller Sorge lasse ich mich wieder nach hinten fallen.

Ich stehe als erstes am Türrahmen des Kurses und warte bis alle durch sind. Er ist wieder nicht im Kurs.

Maik erzählte Emma er kam wieder nicht nach Hause.

„Wir müssen zur Polizei," bitte ich Emma.

„Jetzt mach dir doch nicht so viele Sorgen,"

versucht sie mich zu beruhigen.

Doch ich sehe ihr an, dass sie auch vom schlimmsten ausgeht.

„Ich muss seine Mom anrufen," rufe ich entsetzt,

„sie muss wissen, dass er vermisst wird."

Ich gehe in das Zimmer und wähle seine Festnetznummer.

„Hallo Mrs. Fisher, hier ist Pia."

„Hallo Pia, was für eine Überraschung."

Wenn sie wüsste.. denke ich.

„Ich rufe an weil naja, bitte machen sie sich keine Sorgen, aber Lucas ist."

Ich schlucke,

„Lucas wird vermisst."

„Er wird was?"

„Vermisst, Mrs. Fisher; wir haben ihn seit vorgestern nicht mehr gesehen."

„Seit vorgestern wird Lucas vermisst, sagst du?"

„Ja Mrs. Fisher. Aber machen sie sich keine Sorgen. Ich wollte nur bescheid sagen, dass wir zur Polizei gehen wollen," erkläre ich ihr.

Mein Herz schlägt schnell, mein Hals ist Trocken.

„Ihr wollt zur Polizei? Weil er vermisst wird, weil ihr ihn seit vorgestern nicht mehr gesehen habt?" fasst sie zusammen.

„Ja wir erreichen ihn nicht, das Handy ist aus."

„Aha sein Handy ist aus."

„Mrs. Fisher, geht es ihnen gut? Ich weiß das ist ein Schock für sie, aber bitte bewahren sie Ruhe."

„Oh Pia-Mäuschen," sagt sie,

„du klingst so ängstlich!"

„Mrs. Fisher, Lucas wird vermisst!!" betone ich.

Natürlich hatte ich Angst.

„Warte kurz, Mäuschen," seufzt sie.

Ich höre sie flüstern und dann eine vertraute Stimme.

„Hallo Pia, mir geht es gut! Ich bin zu Hause."

I miss you

Kapitel 7
Der letzte Versuch

Lucas

Ich weiß es war der falsche Weg, einfach abzuhauen. Aber ich bin am Ende. Egal was ich getan oder gesagt habe, sie hat es immer falsch verstanden. Immer wenn ich ihr sagen wollte, wie sehr ich sie Liebe, hatte ich diesen Kloß im Hals.
Ich wollte ihr nie Weh tun, ich bin mir sicher, sie wollte mir auch nie Weh tun. Dennoch tat sie es mehrfach, damals auf dem Konzert, als sie mir die Freundschaft kündigte, auf dem Schulball, als sie wünschte wir wären nie Freunde geworden, oder auch aktuell als sie dachte Emma und ich würden hinter ihren Rücken *bumsen*. Sie machte mir ziemlich deutlich, was sie über mich denkt, und dass verletzte mich am meisten, ich wollte ihr auf der Karaokeparty sagen, was ich empfinde, und Ed Sheeran sollte mir dabei helfen.
Auch wenn sie momentan wieder verzweifelt versucht, dass ich ihr verzeihe, kann ich es nicht, diesmal war es zu viel, diesmal brach mein Herz, diesmal werde ich gehen...

Wieder bei Pia

Ich stehe am Ufer des Sees. Vor mir das Steg, dass auf den See
hinausragt, am Ende dieses Steges sitzt Lucas und schaut auf
den See hinaus. Ich beobachte ihn. Er sitzt einfach nur so da
und schaut auf den See.
„Hallo Pia," höre ich ihn sagen.
Er sitzt immer noch, mit dem Rücken zu mir gerichtet.
Wortlos setze ich mich neben ihn. Erst jetzt kann ich sehen,
dass er geweint hat.
„Warum bist du abgehauen?"
„Ich kann nicht mehr, Pia."
„Wie meinst du das?"
Er sieht mich an, mit einem Blick den ich zuletzt mit
Sechzehn an ihm sah, damals auf dem Schulball.
„Es war ein Fehler."
„Was war ein Fehler?"
Er sieht wieder auf den See, ich greife nach seiner Hand.
„Was war ein Fehler, Lucas?"
„Meine Entscheidung!"
Ich muss seufzen,
„Lucas!!"
Erneut sieht er mich an,
„meine Entscheidung dir zu folgen!"
„Ich verstehe kein Wort Lucas."
„Glaubst du immer noch es war ein Zufall dass wir auf das
selbe College gehen?"
Verwirrt nicke ich.
„Ich wusste von deiner Mom auf welches College du gehen
wolltest, sie hat es mir gesagt, am Tag der Abschlussfeier."

Mit offenem Mund sehe ich ihn an.

Wieder sieht er auf den See hinaus,

„ich dachte wenn ich dir folge, dann..“

„Dann was, Lucas?“

Wieder fällt sein Blick auf mich,

„dann werden wir wieder Freunde!“

Ich nehme seine Zweite Hand,

„aber das wurden wir doch wieder?“

Er schüttelt seinen Kopf,

„nein Pia, das wurden wir nicht!“

„Dann lass es uns jetzt werden?“ schlage ich ihm vor.

„Ich kann nicht Pia! Ich kann nicht mehr mit dir befreundet sein.“

Ich lasse seine Hände los.

„Ich habe dich sooft gefragt ob wir wieder Freunde werden, du hast immer abgeblockt.“

„Ja ich weiß,“ nickt er.

„Du hast sogar unseren Stein weg geworfen?! Zumindest dachte ich das!“

„Ich habe einen Stein ins Wasser geworfen, nicht unseren Stein!“ sieht er mich an.

„Aber wenn du auf das College gekommen bist, wegen mir und du wieder mit mir befreundet sein wolltest, warum Lucas? Warum hast du dann immer abgeblockt?“ frage ich mit Tränen in den Augen.

„Weil es bereits zu Spät war, Pia!“

„Zu Spät?“

„Ja zu Spät,“ flüstert er mir zu.

Tränen laufen über mein Gesicht.

„Für was zu Spät, warum zu Spät? Warum kannst du nicht mehr mit mir befreundet sein?“ schluchze ich ihn an.

„Weil ich dich Liebe, Pia!!"
In seiner Hand hält er unseren Freundschaftsstein.
Mit großen Augen sehe ich ihn an.
„Ich werde gehen, Pia."
Meine Augen werden noch größer.
„Wohin?"
„Zu meinem Vater."
„Du verlässt das College? Das kannst du nicht tun!"
Er sieht mich an und steht auf,
„ich habe es schon getan!"
Ohne weitere Worte lässt er mich sitzen.
Neben mir der Stein..!

Am nächsten Morgen befindet sich Lucas im Flugzeug nach
London. Ich kam zu spät. Er war bereits hinter der
Sicherheitskontrolle. Jetzt kann ich nur noch durch das Fenster
starren. Ich sehe die Leute einsteigen und das Flugzeug starten.
Drücke meine Stirn gegen die Scheibe und schlage mit der
Hand dagegen. Schließe meine Augen und weine.
„Pia lass uns Heim fahren."
Erschrocken drehe ich mich um. Mrs. Fisher steht hinter mir
und streckt ihre Arme nach mir aus. Ich lasse mich hinein
fallen.
„SchSchSch.." tätschelt sie mir über den Kopf.
„Komm ich fahre dich heim."
Vor dem Haus werde ich von meiner Mom empfangen.
Sie sieht mich Erwartungsvoll an. Verheult schüttle ich den
Kopf und renne an ihr vorbei. Fragend sieht sie Mrs. Fisher an.
Ich bin eingeschlafen, als ich wieder aufwache ist es bereits
dunkel. Aus dem Wohnzimmer höre ich Musik. Mom sitzt
immer noch mit Mrs. Fisher am Tisch und trinkt Kaffee.

„Oh jetzt wird mir so einiges klar, Karen. Pia hat nie was davon erzählt. Aber ich dachte mir, dass etwas nicht stimmt," belausche ich die beiden.
Lucas schien seiner Mom ausführlich erzählt zu haben, was passierte. Warum er nach London wollte. Erneut war ich der Grund! Doch diesmal nicht um mir Nahe zu sein. Nein! Diesmal wollte er soweit weg von mir, wie es möglich war.
Ich sitze auf der Treppe als Ed Sheeran aus dem Radio ertönt,

I Found a Girl..

Sofort fange ich an zu heulen. Wie ein Wasserfall laufen die Tränen über mein Gesicht. Ich schluchze so laut, dass Mom und Mrs. Fisher angerannt kommen.
„Oh Pia Schätzchen," tröstet mich Mom,
„es tut Weh, aber die Wunden werden heilen."
Das selbe sagte sie damals auch.
Damals nach dem Konzert. Doch sie heilten nie.

Das restliche Semester verbringe ich wie in Trance. Aufstehen, Frühstück, Kurse, Mittagessen, Kurse, Abendessen, Lernen, schlafen..
Amy scheint Lucas schnell ersetzt zu haben. Schon ein paar Tage nach seiner Abreise hatte sie einen anderen an ihrer Seite. In den Kursen die wir gemeinsam hatten, starre ich auf einen leeren Stuhl. Kann mich nicht konzentrieren.
Es ist Semesterende. Mit gemischten Gefühlen fahre ich nach Hause. Sitze auf der Schaukel, auf dem Spielplatz vor seinem Haus. Starre auf sein Fenster. Die Vorhänge sind zugezogen.
Ich lehne meinen Kopf an die Schaukelkette und betrachte unseren Stein.

„Hallo Pia, deine Mom sucht dich!"

Mrs. Fisher steht neben mir.

„Sie sagte dein Bus sollte schon seit einer Stunde da sein."

„Der Bus war pünktlich," sage ich.

„Sie dachte sich, wenn er pünktlich war, dann sitzt du hier. Sie schickte mich nach sehen."

Ich nicke,

„der Bus war pünktlich!"

„Komm Mäuschen," streckt sie mir ihre Hand entgegen, „wir gehen rein."

Sie macht mir eine Tasse Kaffee und setzt sich zu mir.

„Wie geht es ihm?"

„Ganz gut, Pia! Soweit ich es weiß."

„Soweit?"

Sie nickt mir zu,

„es ist nicht das was er wollte."

„Was wollte er denn?" flüstere ich zaghaft.

„Er wollte Journalismus studieren und als Extremreporter durch die Welt reisen."

Ich muss lächeln,

„ja er wollte die ganze Welt sehen."

Mein lächeln erlischt.

„Was genau macht er in London?"

„Er arbeitet in der Firma seines Vaters. In der Marketingabteilung."

Ich trinke meinen Kaffee aus und erinnere mich daran, wie wir in seinem Zimmer saßen und er mir erzählte, er wolle nie die Firma seines Vaters übernehmen.

„Lieber als Reporter die Welt bereisen," lachte er damals.

„Darf ich in sein Zimmer?" frage ich Mrs. Fisher.

„Kennst du noch den Weg?" lächelt sie mir zu.

Als ich sein Zimmer betrete, höre ich sein Lachen, vor meinen Augen spielt sich ein Film ab,
wir rennen beide die Treppen hinauf, in sein Zimmer und schmeißen uns lachend auf das Bett
Ich setze mich auf sein Bett, muss schmunzeln. Es quietscht.
Sehe vor mir wie Mrs. Fisher kreidebleich ins Zimmer stürmte als wir auf dem Bett hüpften, damit es quietscht.
Sie dachte wir würden.. halte meine Hand vor das Gesicht und schüttle meinen Kopf.
Oh Lucas, wie hast du gelacht über deine Mom und ihren Gesichtsausdruck
Ich öffne seinen Schrank. Es liegen noch ein paar Shirt´s im Regal. Ich ziehe mir eins über die Bluse. Auch Lucas hatte damals eine Chaos-Kiste. Finde sie unter seinem Bett.
Doch im Gegensatz zu meiner, ist Lucas´ Chaos-Kiste nicht eingestaubt. Und viel schwerer als meine. Ich sitze auf dem Boden neben dem Bett und öffne sie.
Sie ist auch wesentlich voller als meine. Ganz oben liegen meine Zeichnungen, alle meine Zeichnungen. Die, die ich ihm schenkte, und die, die Emma für mich vernichten sollte.
Alle Foto´s vom Pia-Schrein, einzeln hinein gelegt.
Daneben ein weiteres Fotoalbum. Ich staune nicht schlecht, als ich es ansehe. Foto´s von mir, auf Party´s, im Freibad mit meinen Freundinnen, der Schulveranstaltung, dem Jahrmarkt.
Er hat mich gestalkt!! denke ich.
Das darf doch nicht wahr sein!!
„Oh Lucas, warum hast du nie etwas gesagt?" rede ich mit mir selbst.
Ich finde ein zusammengefaltetes Schmierblatt,

Was mich glücklich macht
von Lucas Fisher

lese ich es.

Ich schluchze, wische mir die Tränen ab.

Falte es wieder zusammen und lege es zurück.

„Alles Ok mit dir?" fragt meine Mom als ich nach Hause komme.

Skeptisch schaut sie auf mein Shirt.

„Nein nichts ist Ok."

Ich stelle meinen Koffer in die Ecke und umarme sie.

Lucas reagiert nicht auf meine Anrufe. Nicht auf meine SMSen. Seit er abgehauen ist, rede ich ihm mehrfach die Mailbox voll. Doch keine Reaktion.

„Hallo Lucas ich bin es wieder!" versuche ich es erneut.

„Ich war heute bei dir zu Hause. In deinem Zimmer. Ja in deinem Zimmer. Ich habe in die Chaos-Kiste geschaut. Ja ich habe alles gesehen, Stalker! Ach und eines deiner Shirts habe ich ebenfalls mitgenommen. Ich Liebe dich Lucas!"

Ich lege auf und warte. Keine Reaktion.

Sicher hört er meine Nachrichten gar nicht mehr ab!

Ich muss mich ablenken und fahre in die Stadt. In die Spielhalle. Ich setze mich an den Tisch, an dem ich mit Lucas saß, als ich ihm das Kussfoto schenkte.

Beobachte die Jungs am Flipperautomat. Freunde von Lucas.

Ob er wohl auf ihre Anrufe reagiert?

Tess

Obwohl ich Lucas immer noch Liebe, und eigentlich über die Situation von Pia, amüsiert sein sollte, kann ich nicht mit ansehen wie sie sich quält. Ich weiß wie unglücklich sie ist, ich weiß wie unglücklich Lucas ist, wie er sich fühlt. Ich wusste es schon immer, Pia und Lucas, DAS Traumpaar, seit Kindertagen. Dass ich seine Freundin war, schien die Leute nicht wirklich zu interessieren. Ich wundere mich selbst, wie ich es überhaupt schaffte seine Freundin zu werden. Ich war immer nur die Zweite Wahl..
Daher habe ich beschlossen, endlich mit Pia zu reden, ihr alles zu erzählen. Denn wenn Lucas Glücklich ist, dann bin auch ich Glücklich. Auch wenn es bedeutet, dass er mit Pia Glücklich ist...

Wieder bei Pia

„Hallo Pia," reißt mich Tess aus meinen Gedanken, „darf ich mich setzen?"
„Hallo Tess!"
Tess setzt sich neben mich,
„du siehst furchtbar aus!"
„Ich fühle mich auch so!"
„Hmmh. Ich habe davon gehört."
Mit großen Augen sehe ich sie an.
„Er hat es mir erzählt," gesteht sie mir.
„Wann?"
„Letzte Woche."
„Er redet mit dir?" frage ich mir gesenkten Kopf.
„Ja warum nicht?"
Ich nicke,

„ja warum nicht!!"

„Ich wusste dass du die andere bist, wessen er endgültig Schluss machte."

„Ich nicht!!"

Tess lacht,

„ja das erzählte er mir."

„Er ist weg, Tess," fange ich wieder an zu heulen.

Sie nimmt mich in den Arm,

„ja aber nicht Tod. Also verhalte dich nicht so."

„Was soll dass jetzt wieder heißen?" gifte ich sie an.

Tess seufzt,

„anstatt ihm die Mailbox mit Liebesnachrichten voll zu quatschen und seine Shirt´s zu tragen, solltest du lieber versuchen ihn zurück zu holen."

Verbluft sehe ich sie an,

„woher weißt du das?"

„Das Shirt habe ich ihm geschenkt."

Sie zeigt auf meine Brust.

„Es ist zu spät, Tess."

„Pia, er liebt dich, er hat dich immer geliebt."

Meine Augen weiten sich.

„Ja! Ich konnte nie mit dir mithalten, Pia. Nie, von Anfang an nicht."

„Erklärung!!" fordere ich sie auf.

„Das erste Mal beendete er unsere Beziehung, kurz vor dem Ball. Der Ball wo du und Jack, erinnerst du dich?"

Ich nicke und höre gespannt zu.

„Ich sagte damals so kurz vor dem Ball finde ich keinen Partner und er wollte noch mitkommen, er wollte dir damals schon sagen, dass er sich für *Liebe* entscheidet.

Er wollte beides, Freundschaft und Liebe, aber eben mit dir."

Mein Atem stockt und ich trinke meine Cola auf Ex leer.
Tess erzählt weiter,
„doch dann hast du diese Sachen zu ihm gesagt und er war am
Boden zerstört."
Sie sieht mich traurig an.
„Wieso wart ihr dann trotzdem noch Drei Jahre zusammen?"
frage ich neugierig.
„Ich liebte ihn, und es war mir egal! Du kündigtest ja die
Freundschaft."
„Und wann machte er zum Zweiten Mal Schluss?"
„Das war ich. Der Sommer bevor wir auf´s College gingen.
Ich hatte erfahren, dass du auf seinem College bist und er
deshalb da hin wollte."
„Aber du hast in den Semesterferien gesagt ihr seit wieder
zusammen, wie kam es dazu?"
Tess lehnt sich im Stuhl zurück,
„Lucas kam zu mir und erzählte mir von der Ausstellung und
die anderen Sachen, als ich ihm sagte, dass ich weiß wie du
dich fühlst, weil ich ihn auch noch lieben würde, da küsste er
mich. Und ich dachte wir wären wieder fest zusammen.
Aber ich wusste es Pia, früher oder später macht er wieder
Schluss. Und ich hatte ja Recht."
Ich senke meinen Blick,
„er machte nach der Party Schluss, der Party wo ich.."
„Wo du ihn geküsst hast, ja ich weiß, das erzählte er mir auch."
„Letzte Woche?!"
Tess lacht,
„Nein, nach deinem Missverständnis und vor der Sache mit
Amy."
„Oh Amy, von ihr weißt du auch!"
„Ja aber die Tatsache auf welche Art und Weiße er einfach vom

College ging, beweist doch dass er sich mit Amy nur ablenken wollte."
Tess rührt mit dem Strohhalm in ihrer Cola.
„Was soll ich deiner Meinung nach tun? Er reagiert nicht auf meine Anrufe. Ich weiß nicht mal ob er die Nachrichten auf der Box abhört," sage ich und rutsche den Stuhl nach unten.
Tess nickt,
„doch Pia, das tut er, immer!"
„Danke Tess," umarme ich sie,
„danke für deine Ehrlichkeit."
Sie lächelt mir zu und geht wieder.

Zwei Tage später sitze ich im Flieger nach London...

Ich bat meine Mom und Mrs. Fisher, Lucas nichts zu erzählen.
Ich habe seine Adresse in der Tasche und einen Stadtplan in der
Hand, im mitten einer fremden Stadt, in einem fremden Land,
auf der Suche nach Lucas.
Ich stehe vor seiner Wohnung und klopfe an die Tür.
„Ja bitte?"
Eine Frau unseres Alters öffnet mir die Tür, ich stocke.
„Hallo ich wollte zu Lucas," sage ich vorsichtig.
„Er ist nicht zu Hause, soll ich was ausrichten?"
„Nein, danke."
Die Tür schließt sich wieder.
Er hat eine Freundin!! spuckt es in meinem Kopf.
Ich klopfe nochmal.
„Ja?" öffnet sie wieder.
„Entschuldige, aber um Missverständnisse zu vermeiden, eine
Frage: bist du seine Freundin?"
Das Mädchen lacht,
„Oh Gott, nein."
Erleichtert atme ich auf.
„Warte du bist Pia?" werde ich gefragt.
Zaghaft nicke ich.
„Ich bin Hazel, seine Schwester."
„Schwester?" wiederhole ich verwirrt.
„Ja, Stiefschwester! Sein Dad und meine Mom, du verstehst?"
rollt sie die Augen,
„willst du hier warten?"
„Nein," winke ich mit der Hand ab,
„sag auch bitte nicht dass ich in London bin."
„Ok," lacht sie und schließt die Tür.

Ich warte doch auf Lucas, aber nicht in seiner Wohnung, sondern davor. Seit Drei Stunden sitze ich auf einer Bank und beobachte das Haus. Mir ist Kalt und ich habe Hunger.

Toll, jetzt muss ich auch noch auf's Klo..

Ein Auto fährt vor und parkt vor dem Haus. Der Knoten in meinem Hals wird fester. Meine Hände sind so feucht, als hätte ich sie gewaschen und nicht getrocknet. Es fällt mir schwer zu atmen. Wie angewurzelt sitze ich und starre auf das Auto.

Lucas Anblick löst in mir Schwindelgefühle aus.

Er geht hinein. Das Licht geht an und ich sehe ihn am Fenster. Immer noch sitze ich wie angewurzelt. Immer noch ist es mir nicht möglich aufzustehen.

Er sieht aus dem Fenster. Mein Herz schlägt schneller.

Die Vorhänge werden zugezogen. Er hat mich nicht gesehen.

Zurück im Hotel, lege ich mich auf das Bett und schalte den CD-Player an.

Ed Sheeran singt für mich, als es an der Tür klopft.

„Waren wir uns denn nicht einig, diesen Song nicht mehr zu hören?"

Ich quietsche vor Freude los,

„Emma! Was machst du denn hier?"

„Ich wusste, dass du es alleine nicht schaffst, dachte ich komm zur Unterstützung," schmeißt sie ihre Tasche auf das Bett.

„Und? Hast du ihn schon gesehen?"

Ich erzähle ihr von meiner Dreistündigen Observierung und meiner Feigheit.

„Oh je, da bin ich ja gerade noch rechtzeitig gekommen."

Am nächste Morgen sitzen wir beim Frühstück und gehen unseren Plan durch.

„Du kannst nicht einfach bei ihm an der Tür klopfen und ihn

überfallen," erklärt mir Emma.

„Wieso nicht?" frage ich beim Bagel schmieren.

„Weil er nicht mir dir sprechen will. Sonst würde er auf deine Anrufe reagieren."

Ich beiße vom Bagel ab und trinke einen Schluck Kaffee.

„Wie stellst du dir das dann vor?"

Emma reagiert nicht, schält sich eine Banane und schneidet sie ins Müsli.

„Emma?"

„Ja ja, ich überlege!"

Sie überlegte, den ganzen Vormittag. Sie kam zu keinem Ergebnis.

Wir sitzen in Emma´s Mietwagen und beobachten einen Bagelshop.

„Sieht er Glücklich oder Unglücklich aus?" frage ich Emma nach einer Weile.

Lucas sitzt in diesem Bagelshop und isst zu Mittag.

„Keine Ahnung! Aber ich kann ja rein gehen und ihn fragen!" antwortet sie sarkastisch.

Ich sehe sie streng an.

„Was? Ich habe Hunger," kontert Emma.

„Ich habe Lucas nicht mehr angerufen seit ich mich mit Tess unterhalten habe."

Emma sieht mich verwirrt an,

„und was soll mir das jetzt sagen?"

Ich zucke mit den Schultern.

„Dann ruf ihn jetzt an!" sagt sie mit freudiger Stimme.

Fragend sehe ich sie an.

„Na dann siehst du wie er darauf reagiert," zuckt sie mit den Brauen.

„Was soll ich denn sagen?"

„Keine Ahnung, was sagst du denn sonst so?"

Ich lächle und Emma verdreht die Augen,

„von mir aus auch Liebesgeflüster!"

Ich hole mein Handy aus der Tasche.

„Na los Pia. Er wird dich sowieso auf die Mailbox leiten!"

Emma hatte Recht. Die Mailbox springt sofort an.

„Hallo Lucas,

Ich bin es mal wieder. Wie ist das Wetter in London?"

Emma sieht mich stirnrunzelnd an.

„Wetter in London?" sagt sie ohne Ton.

„Ich hoffte du kommst nach Hause, aber deine Mom sagte du wolltest das nicht. Naja dann werde ich einfach noch ein paar Shirt´s von dir klauen."

Wieder sieht Emma mich komisch an.

„Ich Liebe dich Lucas," hänge ich dran, bevor ich auflege.

„Ernsthaft?" durchbohrt mich Emma´s Blick.

„Ich wusste nicht was ich sagen sollte, normalerweise rufe ich ihn spontan nach Gefühlslaune aus, an."

Wir beobachten Lucas weiter. Er holt sein Handy aus der Tasche.

„Ah, die Mailbox," sagt Emma.

Ich erkenne ein Lächeln als er sie abhört. Wieder Reagiert er nicht darauf.

„Ok er hört deine Nachrichten ab."

„Ja und weiter?"

„Ich weiß noch nicht, mal sehen."

Lucas verlässt das Bagelcafé und Emma hastet hinein.

Mit Zwei Bagel und Zwei Kaffee kommt sie zurück.

„Für die nächste Observierung müssen wir uns Proviant einpacken."

Ich lache und beiße ab.

Den Rest des Tages verbringt Lucas in der Firma seines Vaters.

Emma und ich fahren zurück ins Hotel.

Während wir im Essenssaal auf unser Essen warten, spiele ich mit meinem Handy auf dem Tisch.

„Meine Nummer geht direkt zur Mailbox," sage ich zu Emma.

„Und?"

„Ich dachte er drückt mich weg."

„Rufumleitung kennst du, oder?"

Ich seufze,

„ja aber," stocke ich.

„Aber?" fragt Emma neugierig.

„Gib mir dein Handy!"

Emma lächelt,

„er wird auflegen. Aber einen Versuch ist es wert."

Sie streckt mir das Handy entgegen und ich wähle Lucas´ Nummer.

„Lucas Fisher," meldet er sich.

Ich werde sichtlich nervös.

„Hallo?"

Ich lege auf und schmeiße das Handy über den Tisch.

Kopfschüttelnd lacht Emma mich aus.

In Drei Tagen ist sein Geburtstag, auch an diesem Tag hat er nicht vor nach Hause zu fliegen.

„Er weiß nicht dass du in London bist und daher wird er nicht nach Hause fliegen, weil er sich denken kann, du kommst vorbei."

Emma hatte Recht, Lucas´ Mom erzählte mir genau das gleiche.

„Er liebt mich nicht mehr!" falle ich in mein altes Muster zurück.

„Dann müssen wir es heraus finden," zwinkert sie mir zu.

„Was hast du für ein Geschenk?"

„Gar keines," gestehe ich.

„Hmmh," überlegt Emma,

„schenke ihm etwas, was eigentlich dir gehört, was woran wir erkennen, wenn er es behält, er dich vermisst."

Auch ich überlege.

Spiele dabei mit meinem Armband.

„Ist das Unisex?" fragt Emma und zeigt darauf.

Es ist ein silbernes Armband mit großen Nieten.

„Ich weiß es nicht!"

„Aber Lucas weiß das es deines ist?! Du trägst es Tag und Nacht, seit ich dich kenne."

Ich nicke,

„seit ich Vierzehn bin. Habe es von meiner Oma geerbt."

„Perfekt," freut sie sich.

„Was??"

„Na denk mal nach, wenn du ihm so was wertvolles schenkst und er dich nicht mehr liebt, wird er es zurück schicken."

Ich muss zugeben, Emma hat Recht. Er wird es nicht behalten wenn er mich nie wieder sehen will, da er weiß wie ich an dem Armband hänge. Ich ziehe es aus und überreiche es Emma.

Im Geschenkshop kauft sie eine kleine Box und Geschenkpapier.

„Jetzt noch eine Karte dazu," sagt sie freudig.

Sie packt alles ordentlich ein und legt es in einen Karton.

„Soll ja mit der Post kommen."

Wir schicken es ab und ich sage meiner Mom, sollte es zurück kommen, muss sie mir bescheid sagen.
„Alles klar Mäuschen. Ich habe dir noch etwas Geld überwiesen."
Ich lege auf und lächle Emma an,
„wir können noch eine weitere Woche bleiben."
„Prima," klatscht sie mich ab.

Heute ist sein Geburtstag, nervös stehe ich im Badezimmer und sehe mein Spiegelbild an. Ich schicke Lucas eine SMS
Happy Birthday, Sweetheart
Seufzend putze ich mir die Zähne.
„Da! Der Postbote!" rufe ich Emma zu.
Wir sitzen vor Lucas´ Haus und observieren in ihrem Auto.
In seiner Hand hält der Postbote unser Päckchen.
„Was meinst du, geht er feiern?" fragt mich Emma und knabbert Erdnüsse.
„Ich würde gerne mal einen Londoner Club sehen."
„Du kannst ihn nicht im Club observieren. Er wird uns bemerken," nehme ich ihr die Hoffnung.
Seufzend stimmt sie mir zu.

Er geht feiern!! In einen Londoner Club!!
Emma fluchend, folgen wir ihm.
„Ich warte nicht den ganzen Abend vor dem Club," schimpft sie mit mir.
„Schon gut, ich habe gesehen was ich sehen wollte."
Lucas trägt mein Armband.
„Happy Sweet 21," sage ich, als ich Lucas beobachte, wie er den Club betritt.

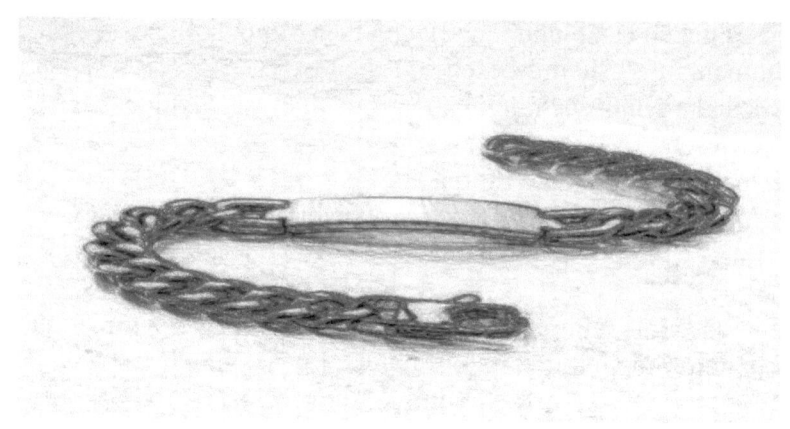

Unser Geld wird langsam knapp.
„Wir müssen jetzt mal so langsam Kontakt aufnehmen,"
seufze ich Emma zu.
„Das ist unser letztes Geld."
Ich halte ihr 200 Pfund entgegen.
„Das Zimmer ist bis Ende der Woche bezahlt."
Sie seufzt zurück,
„und wie stellen wir das an?"
„Einfach klopfen *Hallo Lucas,*" schlage ich vor.
Emma sieht mich streng an,
„das hatten wir doch schon."
„Gut, wie dann? Ich habe auch keine Lust mehr ihm
nachzulaufen und zu beobachten."
Stirnrunzelnd schaut sie schief,
„seit wann?"
„Du weißt was ich meine, ich möchte jetzt endlich mit ihm
reden."

„Ok, also mal sehen, heute ist Donnerstag..." sagt sie und holt die Notizen heraus.

Seit Drei Wochen folgen wir ihm schon, seit Drei Wochen macht er das gleiche.

Arbeiten, Frühstück im Bagelshop, Mittagessen mit Hazel, Abends zu Hause, oder je nach Wochentag, trifft er Freunde.

„... da sollte er eigentlich wieder im Blind Spot sein."

Jeden Donnerstag, zumindest seit wir ihm folgen, geht er nach der Arbeit in diese Bar.

„Er hat in einer Stunde Feierabend, willst du wirklich zu ihm?"

Ich nicke nervös und packe das Geld zusammen.

„Gut, dann gehen wir duschen und machen wir uns mal schick," lächelt sie mir zu und richtet sich Kleidung heraus.

Als wir etwa eineinhalb Stunden später vor dem Blind Spot stehen, bekomme ich wieder Schnappatmung und halte die Sache für doch keine gute Idee.

„Jetzt komm schon Pia, ich habe mich so auf die Bar gefreut," bittet mich Emma händefaltend, hüpfend vor mir.

„Ok, meinetwegen. Aber im Hintergrund."

Quietschend hakt sie sich bei mir ein und wir betreten die Bar.

Ich suche mir einen Tisch weiter hinten. Dennoch kann ich Lucas von hier aus sehen. Er scheint mit Zwei Freunden hier zu sein. Sie sitzen zu Dritt am Tisch und albern herum.

„Nette Bar," schaut Emma sich um.

„Ja ganz Nett," schlürfe ich meine Cola.

Emma schnippt mit den Fingern vor meinem Gesicht.

„Hallo ich sitze hier."

„Entschuldige bitte."

„Schon gut, was jetzt? Gehst du zu ihm?"

wackelt sie mit den Brauen,

„oder schickst ihm lieber LiebesSMSen?"

Freudig reiße ich die Augen auf,
„Emma gute Idee!"
Ich hole mein Handy heraus. Emma rutscht neben mich.

Hallo Lucas, ich bin's wieder, hast du mein Geschenk erhalten?

Und drücke auf senden.
Wir beobachten Lucas, er liest die SMS und legt das Handy auf den Tisch.
„Mhm, war ja klar," beschwert sich Emma.
Etwa Fünf Minuten später, schicke ich eine zweite,

Hallo Lucas, ich frage mich was du wohl gerade machst?

Wieder beobachten wir wie Lucas sie liest.
„Los weiter," fordert Emma mich auf,
„etwas direkter."

Bist du Müde von der Arbeit, oder noch ein Bier trinken?

Er liest sie erneut, doch er legt das Handy wieder auf den Tisch.

Wenn du ein Bier trinkst, trinke eins für mich mit.

Wieder liest er, trinkt ein Schluck aus der Flasche.
„Der war für dich," scherzt Emma,
„noch eine," lacht sie.
So langsam fängt es an mir Spaß zu machen. Ich schicke ihm eine SMS nach der anderen. Wenn er sie nicht sofort liest, dann

doch ein paar Minuten später. Ein paar mal erkenne ich ein lächeln beim lesen.
Wir klatschen uns ab und freuen uns wie kleine Kinder.
„Jetzt etwas dass du nur wissen kannst, wenn du ihn siehst!"
zwinkert Emma mir zu.

Das blaue Shirt, gefällt mir am besten wenn du es trägst.

Lucas stockt kurz, als er sie liest. Emma signalisiert mir mit ihrer Hand ich solle weiter machen.

Mir gefallen deine kurzen Haare.

„Oh ja, die war gut," bestätigt Emma.
Sein Lächeln wird ernst als er die SMS liest, sein Blick skeptisch. Er sieht sich um.
„Oh oh, jetzt dämmert es ihm," lachen wir.
Lucas legt das Handy wieder auf den Tisch. Redet mit den Jungs und wir sehen, wie sie sich in der Bar umsehen.
„Bereit für das Finale?" fragt mich Emma und greift nach meinem Handy.

Hinten Rechts
schickt sie ab.

Kaum klingelt die SMS bei Lucas, greift er auch schon danach und liest. Sofort hebt er seine Kopf und schaut nach links über seine Schulter.

Rechts
schicken wir weiter.

Lucas sieht nach Rechts.

Kalt

Er lächelt, zeigt die SMS den Jungs, sieht zur Tür.

Warm

Er sieht Richtung Bar.

Wärmer

Sein Bein fängt an zu wippen. Sein Blick sucht weiter.
Ich greife nach Emma´s Hand, drücke sie fest.
„Jetzt hat er uns gleich."
Lucas hört auf zu suchen und trinkt weiter.

Na? gibst du schon auf?

Er lacht beim lesen und schüttelt den Kopf.

Nein?! Dann, wir waren bei wärmer..

Noch wärmer..

Fast..

Oh zu weit..

Und dann, sieht er mir direkt in die Augen.

Emma winkt ihm zu.

Heiß
schickt sie ab.
Wir sehen ihn tippen. Mein Handy klingelt.
Neue SMS von Lucas

Ich habe mich schon gefragt wann du dich zeigen wirst?!

Emma und ich sehen uns verwirrt an. Alle Drei Jungs sehen zu
uns, provokativ, und grinsen dabei.
Ich wähle seine Nummer, Mailbox. Seufzend tippe ich eine
SMS.

Redest du wieder mit mir? Was hast du damit gemeint?

Sie lachen, alle Drei, als sie meine Nachricht lesen.
„Die machen sich über uns lustig!" sage ich zu Emma.
„Nein über dich," sagt sie auf mich zeigend.
Ich boxe sie in die Schulter und sie verzieht ihr Gesicht.
„Aua!"
Die Jungs diskutieren heftig mit Lucas, wobei er immer
Kopfschüttelnd verneint.
„Über was reden die wohl jetzt?" frage ich neugierig.
„Finden wir es heraus!"
bevor ich etwas sagen kann, ist Emma aufgestanden und auf
dem Weg zu Lucas und den Jungs.
„Emmmaaa," rufe ich leise hinterher.
Sie umarmt Lucas, drückt ihn.
Oh wie gerne würde ich..

Beide Lachen, sehen in meine Richtung, die Jungs diskutieren nun auch mit Emma. Nervös schlürfe ich an meiner Cola.
Ich erkenne dass einer seiner Freunde in meine Richtung läuft und Lucas versucht es zu verhindern.
Ah denke ich *er hat also auch eine Emma.*
Ich fange förmlich an zu zappeln als er sich zu mir setzt.
„Hallo ich bin Tom," streckt er mir seine Hand entgegen.
„Pia!" schüttle ich seine Hand.
„Schön dich endlich mal kennenzulernen, persönlich meine ich!"
Grinsend, amüsiert über meinen Gesichtsausdruck trinkt er sein Bier. Mein Blick fällt auf Lucas, er beobachtet uns nervös, sein Bein wippt. Emma unterhält sich mit dem zweiten Freund.
„Was hat er denn so erzählt?" frage ich mit Blick auf Lucas.
„Alles!" lacht Tom.
„Alles?" quietsche ich ihn an.
Tom lehnt sich zu mir nach vorne,
„deine Lieblingsfarbe ist Braun, helles Mokka-Braun, für Käse-Maccaroni würdest du einen Mord begehen, du kannst Literweise Apfelsaft trinken und Sonntags brauchst du Pancakes zum Frühstück."
Er lehnt sich im Stuhl zurück,
„ohne Pancakes ist dein Sonntag am Arsch."
Mit offenem Mund sehe ich ihn an.
„Ich dachte eigentlich an unsere andere Geschichte!"
Ich merke wie die Röte in mir aufsteigt.
„Oh Ja, die kennen wir natürlich auch," amüsiert sich Tom erneut.
„Also hat er mich mal erwähnt, ja?!" scherze ich um meine Verlegenheit zu überspielen.
„Oh nur ein, zwei Mal," zwinkert Tom mir zu.

„Na Los," fordert er mich auf und streckt mir seine Hand hin.
„Bitte?"
„Jetzt komm schon!"
Ich schüttle meinen Kopf,
„soll er doch kommen!"
Tom lehnt sich zu mir hinunter,
„genau dass ist der Grund warum ihr immer an einander vorbei läuft."
Er greift nach meiner Hand,
„du bist wegen ihm nach London gereist, also Los."
Hand in Hand laufen wir zu Lucas und den anderen.
Lucas beobachtete uns die ganze Zeit.
„Hallo darf ich vorstellen, das ist Pia! Pia, das ist Lucas!
Los gebt euch die Hand," scherzt Tom.
Lucas grinsen breitet sich im ganzen Gesicht aus, zaghaft nimmt er meine Hand. Tom klopft ihm auf die Schulter und signalisiert den anderen sie sollen mitkommen.
„Hallo Lucas, freut mich dich kennenzulernen,"
grinse ich ihn an.
Verlegen wendet er seinen Blick ab. Ich zeige ihm die SMS, die er mir vorhin schickte.
„Wie hast du das gemeint?"
Er trinkt einen Schluck und spielt nervös mit dem Bierdeckel.
„Ich weiß das du schon länger in London bist."
„Woher?"
Bestimmt hat seine Mom doch getratscht.
„Ich habe dich gesehen!"
Mist denke ich.
„Zumindest dachte ich, dich zu sehen!"
„Du dachtest? Also warst du dir nicht sicher?"
Lucas nickt.

„Ja manchmal dachte ich, ich sehe dich obwohl du nicht da bist."

Er lacht Laut auf,

„Tom meinte ich bin ein Hoffnungsloser Fall."

Ich schaue zu Tom und den anderen. Sie beobachten uns aufmerksam.

„Und wieso warst du dir dann doch sicher?"

frage ich gespannt.

„Als du mir das Armband geschickt hast, erst da war ich mir sicher, ich sehe keine Gespenster."

Verwirrt sehe ich ihn an. Er schmunzelt beim Trinken.

„Das Päckchen wurde in London abgestempelt, Pia!"

Ich seufze,

„daran haben wir nicht gedacht!"

„Ja das habe ich gemerkt," lacht er.

Verlegen sehe ich auf den Boden,

„hast du meine Anrufe bekommen?"

„Wie geht es meinen T-Shirt´s?" stellt er als Gegenfrage, sieht mich mit gesenktem Kopf an,

„hast du wirklich in die Chaos-Kiste geschaut?"

„Ja! Du Stalker!" zeige ich mit dem Finger auf ihn.

Lachend schüttelt er den Kopf,

„wer folgt mir schon seit wie lange?"

„Drei Wochen!" gebe ich verlegen zu.

„Drei Wochen!!" sieht er mich ungläubig an,

„wow, Pia!"

Ich lehne mich zurück,

„Ich dachte du wusstest, das ich hier bin?"

„Ja aber erst seit eineinhalb Wochen."

„Was soll ich sagen, ich bin ein Hoffnungsloser Fall!"

Wir lachen beide.

Er sieht mir in die Augen, lehnt sich zurück, wippt mit dem Bein. Spielt nervös mit seiner Flasche. Ich stehe auf und setze mich auf seinen Schoß. Lege meinen Kopf auf seine Stirn. Seine Atmung wird schneller. Ich schließe meine Augen und genieße den Moment.
„Ich Liebe dich Pia, seit ich Fünf bin," flüstert er mir zu.
„Das weiß ich doch," flüstere ich zurück.
Er streicht mir durch die Haare und küsst mich.
Am Nachbartisch hören wir Jubelrufe.
Verlegen schauen wir hinüber.
„Wurde auch Zeit," ruft Emma uns zu bevor die Drei an unseren Tisch kommen.
„Darf ich vorstellen," fängt Lucas an,
„das ist Pia, meine Freundin!"

Als das neue Semester beginnt, laufen Lucas und ich gemeinsam auf den Campus;
Und wenn
Ed Sheeran mit Perfect im Radio läuft,
Lucas dazu singt,
dann weiß ich er singt dieses Lied nur für mich.

Ich bin Pia Kenley,
mit Fünf Jahren traf ich
meine große Liebe im Sandkasten,
doch erst mit Zwanzig
wurde ich mir dessen bewusst.

LOVE PIA